Franziska König

Feinsinnige Psychologate über eine trübsinnige Dame

Der schlanke

Roman
des Monats

Dezember

Meinem lieben Onkel Hartmut zugeeignet

© Februar 2025 von Franziska König
Covergestaltung: Franziska König & Agentur Baumfalk Aurich
Verlag: BoD · Books on Demand GmbH, In de Tarpen 42,
22848 Norderstedt, bod@bod.de
Druck: Libri Plureos GmbH, Friedensallee 273, 22763 Hamburg
ISBN: 978-3-7693-5724-0

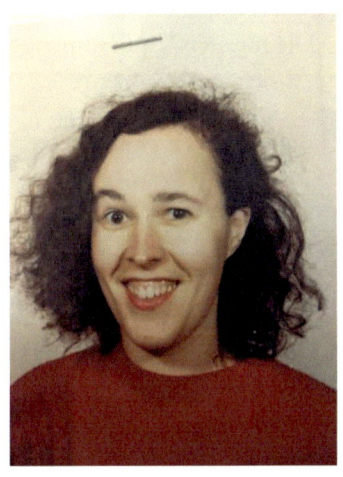

Franziska (Kika) im Jahre 1998
in einem Fotomaton in Wien

Aus dem Leben einer Geigerin

Unser Leben währet 840 Monate und wenn es hoch kommt, so sind´s 960.
Monate, die sich im Nachhinein in schlanke bis vollschlanke Romane verwandeln.

Willst Du mich einen Monat lang begleiten?

Die meisten Vorkömmlinge
finden sich im Personenverzeichnis
am Ende des Buches

Hier die Familie vorweg:

Opa, Dichter, Denker und Rentner in Österreich
(*1909)
Oma Mobbl, Pianistin und Ehefrau des
Vorhergehenden (*1910)
(Die Großeltern mütterlicherseits)
Oma Ella, Großmutter väterlicherseits in
Grebenstein (*1913)
Buz (Wolfram), unser Papa (*1938) Professor für
Violine an der Musikhochschule in Trossingen
Rehlein (Erika), unsere Mutter (*1939)
Ming (Iwan), mein Bruder (*1964)
Lindalein, (*1973) unsere Kusine aus Amerika, die
von 1997 bis Anfang 2000 bei uns in Europa lebte

Ein Buch ohne Vorwort.
Du kannst gleich anfangen zu lesen…

Dezember 1998

Dienstag, 1. Dezember
Trossingen - Pfaffenbach

Schneeverkrustet und etwas grau

Von Rehlein habe ich die Eigenschaft übernommen, den Menschen beim Wort zu nehmen, und auch wenn Rehlein in dieser Hinsicht während all der Ehejahre oftmals über Buz gestöhnt hat, nehme ich Buzens Zeitangaben noch immer ernst: Pünktlich um acht Uhr morgens saß ich wie bestellt und nicht abgeholt im Hotel. Zwar hatte ich ein Journal vor mir ausgebreitet, doch mein Blick hing am Zifferblatt der großen Uhr, und die ratlose Frage, wo die Herrschaften wohl blieben, (mit spitzen Lippen gedacht, wie Omi Mobbl zuweilen) hatte sich mir in den Kopf gesogen und behinderte mich beim konzentrierten Lesen.

Schließlich beugte ich mich wieder über das Blatt. Interessiert las ich, daß Steffi Grafs Trainer Heinz Günthardt ein Leben zwischen zwei Frauen führe, und während ich mich noch in das Leben eines Heinz Günthardt einarbeitete, zeigte sich der süße Buz mit seinem entzückenden Lächeln, dem keine Frau widerstehen kann.

Buz griff sich ein Tagesjournal, und im Duett warteten wir auf unsere Freundin Veronika, die hier im Hotel residierte.

Da die Veronika sehr lange nicht erschien, dachten wir uns einen kleinen Schabernack aus: Ich sollte oben an ihre Türe pochen und ausrufen: „Frau H., Sie wissöt abbbr, daß Sie um zwölf naus müssöt, oder?"

Sie wissen aber, daß Sie das Zimmer bis um zwölf besenrein geräumt haben müssen, oder?

Doch die Veronika kam diesen Überlegungen zuvor. Sie hatte verschlafen und schämte sich so süß. Beim schämen sah sie ganz verschmitzt aus. Buz musste jedoch schon bald aufbrechen, da noch eine finale Schülerin auf der Agenda stand: Ein junges Fräulein aus der Ex-DDR, das Buz in „Fräulein Nu" umbenannt hatte, da es oftmals „nu" sagt. Fräulein Nu war mit seinen Eltern ebenfalls im Hotel Schoch abgestiegen, und von einer Woge an Erfurcht gepackt worden, als es am anderen Ende des Frühstückssalons den zukünftigen Professor gewahrte. Es lächelte uns nett, aber vorläufig etwas verunsichert an, was bedeutet, daß wir uns mit diesem Fräulein erst anwärmen müssen, bevor die Eierschalen der Verlegenheit, die einen in der Aura eines fremden Menschen zuweilen zu umhüllen pflegen, gänzlich abgebröckelt sind.

Die Veronika, die aus Nürnberg herbeigereist war, um in Buzens Unterrichtszimmer zu hospitieren, versuchte Buz 150 Mark aufzunötigen.

„Komm…Hospitierungsgeld..“ murmelte sie verlegen, während sie etwas unbeholfen versuchte, die Scheine in Buzens Jackettasche zu stopfen.

„Wenn du mir das Hospitierungsgeld aufdrängst, so bekommst du eine Hospitierungs-Ohrfeige!“ scherzte Buz auf liebenswert übermütige Weise, und wimmelte das Geld wieder ab.

Ich wiederum spaßte darüber, wie dies wohl sei, wenn eine Frau eine heiße Nacht mit einem Herrn verbringt, und am Morgen 200 Mark auf ihrem Nachtkästchen liegen, während der Herr selber bereits verschwunden ist. Nur noch die beiden Scheine erinnern daran, daß es ihn wirklich gegeben hat.

Dann schwenkte ich die Rede auf jenes Abenteuer, das heut auf mich wartete: Die Reise nach Pfaffenbach; einen Ort, den weltweit wohl kaum jemand kennt. Außer mir sei noch eine Pianistin aus Ungarn geladen, die das Konzert mit mir bestreiten soll. Aber was machen wir bloß, *wenn die Frau des Herrn, der sich diese beiden Musikantinnen eingeladen hat, unwirsch auf den Besuch zweier Damen reagiert? Grad, weil ihr Mann halt plötzlich ganz anders ist als sonst? Interessiert und aufmerksam.*

Als ich wenig später in meiner Wohnung an der Violine stand, überkamen mich allerlei bedrückende Gedanken: Ich bereute es, dem Fräulein Nu und seinen Eltern nicht die Hand gereicht zu haben, um mich vorzustellen und die Bekanntschaft zu intensivieren. Zudem reute es mich noch viel mehr, daß ich Buzen nichts für Rehlein mitgegeben habe. Ich dünkte mich so schäbig - in jener Art, wie es mich alljährlich am 23. Dezember während meiner präweihnachtlichen Deprimanz anweht - aber wenigstens hatte ich Buz und Veronika liebevollst ein Vesper zubereitet.

Alles in mir zentrierte sich auf die Reise um 15:06.. Was wäre es schön, wenn ich meinen Wahnblasen-bildungen im Gehirn endlich mal die Zunge hätte zeigen können. Die Tür einfach schließen, loslaufen und sich nicht mehr umschauen, so wie Buz es zu handhaben pflegt. Wenn Buz eine Türe hinter sich schließt, so schließt er gleichzeitig ein kleines Kapitel seines Lebens ab; die Sinne ganz und gar auf das nächste Kapitel gerichtet; doch bei mir will dies einfach nicht so recht funktionieren. Ich musste nochmals nach dem Herd schauen, den ich doch seit gestern Mittag gar nicht mehr benutzt hatte. Die Tagebücher stellte ich in ein anderes Eck im Zimmer, weil ich mir ausmalte, wie die Italiener nebenan zündeln, und das halbe Haus in Brand gerät. **Auf diese Weise**, so sah ich im Geiste eine Zeitungsmeldung vor mir, **blieben die Tagebücher einer Dame vor den gierig züngelnden Flammen verschont....** bloß daß sie wenig später den Lösch-arbeiten der Freiwilligen Feuerwehr zum Opfer fielen, zwängte sich ganz gegen meinen Willen eine unbequeme Zeile dahinter.

Bahnhof Gengenbach:

Dort wurde ich von Herrn Grün, meinem Gastgeber, mit einem farblich passenden Merzedes abgeholt (ebenfalls grün). Neben ihm saß die quirlige Pianistin aus Ungarn und begrüßte mich nach ungarischer Sitte und auf gut Glück mit einem Doppelkuss, auch wenn sie noch keine Ahnung hatte, ob ich überhaupt nett und kusswürdig bin. Man kann´s nur hoffen.

Herr Grün, so erfuhr ich bald, ist bislang unverehelicht geblieben. Er wohnt in einem Dreiherrenhaus mit Vater und Bruder.

Den Vater lernte ich im Laufe des Abends auch kennen. Überraschenderweise sah er deutlich jugendlicher und besser aus, als der leicht ungesund wirkende, übergewichtige Herr Grün, in dessen Wohnung jedoch immerhin ein Heimtrainer herumsteht. Womöglich hat sich Herr Grün bereits tausendfach vorgenommen, ein neues Leben zu beginnen, worin der Heimtrainer eine Riesenrolle spielen würde?

Zunächst wurde Kaffee serviert.

Ich war so gespannt auf Frau Homoris Klavierspiel, zumal bereits eine CD von ihr als Gastgeschenk auf dem Tische lag: Mozarts Variationen über den Weihnachtsmann, und die Mondscheinsonate.

Dem Kaffeetrunk schmiegte sich die erste Probe an:

Gleich zu Beginn zeigte die Angelika jene östlich selbstbewusste Art, unter der ein musizierender

Normbürger sehr leicht zu einem verlegenen Schüler zusammenschrumpft. Der Ostler legt seine Höflichkeit ab wie einen Mantel, da es ihm „nur um die Musik" geht. Der Mitspieler wird zum demütigen Diener der Kunst erklärt, und über all dem schwebt das Motto „Qualität beginnt mit Qual."

Herr Grün scheint ein netter Mann zu sein, und erinnert mich ein wenig an meinen Onkel Andi: Ein einfaches, mildes Naturell.

Nach der Arbeit lud er uns auf ein Glas Wein in seiner Kuschelecke ein. Die Angelika räkelte sich lose auf dem Sofa und fühlte sich völlig daheim. Herr Grün erzählte, daß seine Mutti vor nicht allzulanger Zeit, 60 ½- jährig, starb. Eines Tages fiel sie einfach tot um, ohne zuvor krank gewesen zu sein. Der Sekundentod.

Mittwoch, 2. Dezember

Blass, bißl verzuckert.
Doch der Schnee schmolz pö a pö hinweg

Sehr angenehm auf einem zum Bett umfunktionierbaren Sofa genächtigt.

Traumesfetzen: *Es dämmerte so schön und zart. Den ganzen Tag lang war ich nur sesselträg herumgesessen, und nun schien Eile geboten, meine üppigen Pfunde in den Griff zu bekommen und endlich loszujoggen. Doch als ich mich soeben hinabbog, und mich anschickte, meine Schuhe zuzubinden, knarzte es im Windfang. Buzens Studentin Colette stattete uns zusammen mit dem Professor Kebap, dem Neuen an ihrer Seite, einen Besuch ab. In Gegenwart des Professors benahm ich mich auf auffallende Weise so, als sei ich heimlich verliebt (ohne es zu sein). Ich wurde rot und stotterte dummes Zeug.*

„Na??" las man in Rehleins Blicken, während die Colette ein wenig befremdet, der Professor jedoch gerührt und erfreut ausschaute. („Sie kann's wohl nicht verbergen, daß sie in verbotenen Gefühlen entflammt ist?!?" las man in seinem amüsierten Blick)

Herr Grün, unser gutmütiger Herbergsvati, hatte schon beizeiten das Haus verlassen. Auf dem Küchentisch lag ein vollgeschriebener Zettel für uns, und die Wortwahl erinnerte an einen lieben Verwandten: Er wünsche uns ein vergnügliches Proben.

Doch vor den Fleiß hatte sich die Faulheit geschoben: zunächst saß ich mit der Angelika am Frühstückstisch. Die frischen Honigbrötchen mundeten unglaublich, und die Angelika war begeistert von dem köstlichen Bourbon-Vanille-Joghurt. Dann vertrat sie die gewagte These, daß es so großartige Pianisten wie früher heutzutage gar nicht mehr gäbe. Es erinnerte leicht an die Colette, die gerne Worte des Professors aufgreift und in die Welt hinaus trägt: Beispielsweise referiert sie mit ernster und gewichtiger Miene darüber, wieviel Prozent der Geiger die Franck-Sonate völlig fehlinterpretieren, da sie gar nicht wissen, was sie da spielen. Und ich fürchte direkt, daß Franck - sollte man die Gedankengänge des Professors nachempfinden - überhaupt nicht wusste, was er da geschrieben hat.

Was die im Osten alles so quatschen - und dies mit größtem Selbstbewußtsein: Daß Gershwin zweitklassige Musik sei. Ich fühlte mich an Lisa Smirnova erinnert, eine junge aufstrebende Pianistin, die ihre Lehrerin Anna Kantor, bei der sie alles gelernt hat, als provinziell hinstellte. In grobem Undank reiste Lisa Smirnova nach Hannover, um sich bei dem Scharlatan Karlheinz Kämmerling den „letzten Schliff" zu holen. Hahaha, da kann man ja nur lachen! Dann dachte ich an Frau Leonskaja, die außer ihrem Idol Svjatoslav Richter niemanden gelten lässt. Man sitzt diesen Menschen gegenüber, und wird nicht so recht warm mit ihnen. Es wundert mich bloß immer, woher sie ihre Selbstsicherheit nehmen. *„Ich wundere mich sehr, woher Ihr Eure Selbstsicherheit nehmt, wo ihr doch selber nur Mittelklasse seid",* doch um solch kühne Worte anzubringen, gebricht es einem schlicht an Mut zur Dreistigkeit. Die im Grunde amüsierlichen Worte: „Es gibt nur drei Sorten von Pianisten: Schwule Pianisten, jüdische Pianisten und schlechte Pianisten" sind in die Köpfe hineingebrannt, als handele es sich dabei um ein unumstößliches Naturgesetz.

Bei diesen musikerinternen Themen war die Angelika sehr in der Spur. Sie berichtete von Konzerten, die sie gehört habe: Bei Alfred Brendel und Murray Perahia habe sie sich zu Tode gelangweilt, und bloß ein Jazzpianist, dessen Name ihr jedoch entfallen war, gefiel ihr. Mir persönlich schien die Redewendung „zu Tode gelangweilt", und hinzu auf einen Kollegen gemünzt, der sich doch große Mühe gibt, ziemlich starker Tobak zu sein.

Wundersamerweise ging die Zeit beim Proben ganz schnell vorbei, und überhaupt gestaltete sich die Probenarbeit schon erfeulicher.

Zur nachmittäglichen Stunde promenierten wir durch den wie ausgestorben daliegenden Ort. Ich sehnte mich so sehr nach Rehlein.

Die Angelika schwärmte sehr von ihrem Freund Istvan, der ein unglaublicher Mensch sei. Wir steuerten das Café König an.

„Mein Café!" rief ich verbindend aus. Ich bestellte mir einen Irischen und einen köstlichen Apfelkuchen, der aus lauter hauchdünn zusammengeschichteten Apfelscheiben bestand. Die Angelika orderte einen Cappuccino und eine Eierlikörtorte, die gar mit einem Praliné verziert war. So saßen wir sehr nett beieinander und unterhielten uns ein wenig über die Art, wie wir leben. Die Angelika möchte sehr gerne Kinder haben. „Mit Istvan hundert!" sagte sie gar. Ein Foto von ihrem Exmann Laszlo bekam ich auch zu Gesicht, da sie es nicht über´s Herz gebracht hatte, es aus ihrem Portemonnaie zu entfernen, um einen sauberen Schlußstrich zu ziehen. Sie liebt ihn leider immer noch, erzählte sie - auch wenn er ein eher verschlossener Mensch ist. Er sei leider äußerst zynisch, denn seine Mutter war immer sehr kalt zu ihm.

Daheim ist dann schon bald Hausherr Dieter Grün von der Arbeit zurückgekehrt. Er hatte uns Spezialitäten mitgebracht: Hefegebäck das ausschaute wie kleine Äolsharfen. Genußfreudig beschmiert man sich die Teile mit Butter, ehe man sie zum Munde führt.

Der Dieter erzählte von seinem Bruder, der ebenfalls hier in diesem Dreiherrenhaus wohnt, den wir jedoch noch nicht zu Gesicht bekommen hatten. Früher, als 15-jähriger litt er unter starkem Übergewicht. Dann besuchte er einen Arzt, magerte ab, und nach einer psychologischen Behandlung aß er nie wieder mit der Familie am Tisch. Bei einem IQ-Test stellte sich heraus, daß er so intelligent sei, wie einst Albert Einstein, von dem es jedoch andererseits heißt, sooooo wahnsinnig intelligent sei der nun auch wiederum nicht gewesen. Alles Geschwafel - einer schwätzt es dem Anderen nach.

In Dieters schickem Merzedes fuhren wir nach Zell am Harmersbach, um einen kleinen Stadtbummel zur Vorweihnachtszeit zu unternehmen. Wir fuhren an einem riesigen aufgeblasenen Weihnachtsmann vorbei, und schauten uns die Schaufenster an. Die kleine, so völlig ausgestorbene und doch weihnachtlich herausgeputzte Stadt gefiel mir sehr. An einer Stelle stand gar ein ungeheuer hoher Weihnachtsbaum.

Schließlich kehrten wir in jenem Gasthaus ein, worin wir in drei Tagen konzertieren sollen. Doch zuvor huschte ich noch schnell in eine bereitstehende Telefonzelle und rief Rehlein an, um ein bißchen Süßholz zu raspeln. Rehlein war so unglaublich nett, und der Telefonhörer verwandelte sich in einen Aura-Duschkopf.

Im Schankstubeninneren roch es leider so durchdringend nach Tabak, daß ich um den schönen neuen Pullover bangen mußte, den Rehlein mir geschenkt hat. Die Angelika fand´s jedoch toll, daß hier geraucht wird, und sog ihrerseits an superschlanken und länglichen Cigaretten der Marke „Eve".

Wir hatten an einem, für drei Leute eigentlich viel zu langen Tisch platz genommen, und ich saß am allerungünstigsten, indem ich nämlich wie bei einem Tennismatch dauernd blitzschnell den Kopf je bis zum Anschlag hin- und herrücken mußte. Denn, schaute ich immer nur auf den Dieter drauf, so wäre es gar zu plump weiblich, und schaute ich nur auf die Angelika mit ihrem rosa gefärbten Mund und den papageienblau bepinselten Augendeckeln, so würde es wirken, als wolle ich meine aufkeimende Verliebtheit für den Herrn angestrengt verbergen. Der Wein stimmte mich warmherzig, und das Leben schien mir leicht und lebenswert.

Doch dann mußte die Angelika so lang mit ihrem Exmann Laszlo telefonieren, der an einem Bänderriß litt, und froh war, jemanden zu haben, dem er die Ohren volljammern konnte.

Donnerstag, 3. Dezember

Zartblauer Winterhimmel. Kaum noch Schnee

Ein wenig blöde an meiner Weckerschrillerei war, daß ich fesselnde Traumenden verpasst habe. *Einmal trat* in meinem Traum *die Frauke ins Zimmer. Fraukes Miene war auf Sturm gestellt und verhieß nichts Gutes. Ich erinnerte mich, daß ich die Frauke gestern bereits gesehen und darüber hinaus vergessen hatte, sie zu grüßen. Zerknirscht sprach ich sie darauf an. Die Frauke, im Vorsturm dessen, daß gleich eine Standpauke folgen würde, räusperte sich,* und dann klingelte der Wecker, und ich habe nicht mehr erfahren dürfen, warum die Frauke so böse war. *Dann wiederum fuhr ich mit Buzen zu einer blassen und unscheinbaren Kirche. Buz fuhr unbedacht auf einen hohen Sandhügel drauf, weil er vergessen hatte, abzubremsen. Doch auf der Höhe des Sandhügels begann das Auto ganz langsam in den Sand einzusickern. Langsam genug, so daß es uns glücklich gelang, uns zu befreien — und dies wäre, so Buz, ja wirklich kein Akt, das Auto nachher wieder hervorzuschaufeln.*

Im wahren Leben führe ich hier mit der Angelika ein Leben wie im Sanatorium - fernab von jeglicher Zivilisation. Die meisten Anwohner sind auf Maloche oder sitzen, alt geworden, im Sorgenstuhl vor dem Fernseher. Die Straßen sind wie leergefegt. Beim Frühstück sprach ich auf lose Weise davon, daß wir hier jetzt auf ewig so zusammenleben könnten. Die Angelika könne mir schwärmerische

Geschichten von ihrem Freund Istvan erzählen, bloß kommt er bis zum Ende des Theaterstücks nicht vor.

Der rührende Dieter hatte zu den leckeren Oberharmersbacher Harfenbrötchen einen Zettel gelegt. Pappte man all die kleinen Zettel, die er uns bereits bereit gelegt hat zusammen, so käme dabei bald ein ganzer Brief heraus. „Karpe diem!" schrieb er heut so süß, und: „Blamiert mich bitte nicht und übt schön!"

Beim Weiterfrühstücken sprachen wir über Wettbewerbe und wieviel wir so üben. Die Angelika: Elf Stunden vor ihrer Prüfung!

Dann probten wir und spielten das ganze Programm auf Tonband. Am Anfang war ich so nervös, als sei´s im Konzert, zumal die Angelika ja schon angedeutet hatte, ob es mir wohl tatsächlich ernst damit sei, alles auswendig zu spielen?? Was wäre, wenn ich hochkant hinausflöge und vielleicht beschämt „Ach ne!" murmeln müsse, so wie es dem 89-jährigen Herrn Herberger in seinem letzten Konzert ergangen ist? (Dem allerdings sogar von Noten), und so stellte ich beim Spielen viel zu hohe Ansprüche an mich, und flog in der Beethoven-Sonate tatsächlich einmal hinaus. Die Beethoven Sonate gefiel mir auf dem Tonband am allerwenigsten, da die Angelika mehr so „stehend" und in gedrosseltem Tempo zu spielen pflegt.

Mittags nahmen wir eine Brotzeit ein und plauderten eher unverbindlich: Zum Beispiel über die Schnecken in Taiwan. Plötzlich fiel mir siedendheiß ein, daß ich Ming im Jahre 1973 seine erste Liebe mit einem Mädchen namens Ute verdorben habe. Kurzfristig stimmte mich der Gedanke daran ganz autistisch.

Srinagar, Juni 1973

Wir waren mit dem Opa unterwegs. Unsere Heimkehr von Taiwan nach Österreich. Ming hatte sich in ein hübsches Mädchen verliebt, und diesem Mädchen sagte ich beim Frühstück einfach, und hinzu auf unbekümmerte Weise: „Der Iwan liebt dich!"
Der süße Ming war so erschüttert über diese unsensiblen Worte einer Zehnjährigen, daß er sich ganz verlegen vom Tisch entfernte und nicht wiederkehrte. Da wurde ich von Reue geflutet, und diese Reue hat bis heute nicht so richtig nachlassen wollen.

Die Ute haben wir nie wieder gesehen, und wissen nicht einmal, wie sie mit Familiennamen heißt. Ich weiß nur noch, daß sie fließend englisch sprach, und die Kellner gern herumkommandierte.

Am Nachmittag liefen wir unter zartblauem Himmel zu Edeka, wo es allerhand zu kaufen gab. Holzbrettchen, wo allerlei draufgepinselt war. Beispielsweise alberne Gedichte über den Opa oder den Vati. Na, *unser* Opa würde sich ja „bedanken", wenn man ihm etwas Derartiges schenken würde. Etwa dies:

Der Opa will sein Enkelkind genießen,
drum muß er das Ereignis heut begießen

Auwei geschrien!

Die Angelika kaufte Unmengen an Süßigkeiten für ihre Lieben, und dem Istvan kaufte sie Wollsocken.

Daheim übte ich in der Küche. Ich „klopfte Steine", denn schließlich galt's, jenen heiß- und kalten Schreckensschauern, die einen auf der Bühne bisweilen durchzucken, durch unendliches Repetieren entgegenzuwirken.

Als wir uns schließlich müde geübt hatten, warteten wir wie Haustiere auf unser Herrchen, den Dieter, der heut auf Wörkoholiker-Manier nach einem besonders anstrengenden Arbeitstag erst um halb elf heimkehrte.

Als er dann endlich wieder in die heimischen Pantoffeln steigen, und das einengende Gewand des Beamten abstreifen durfte, begann ein gemütlicher Abend in der Küche. Auch der 64-jährige Vater zeigte sich, und brachte selbstgebackene Gutsles mit. Obwohl der Dieter gewiss kein Beau ist, und darüber hinaus einen unappetitlich langen Bart trägt, wie der Bindinger*, bei dem einst die Eidotter vom Frühstück hängen blieben, beginnt er mich doch zu rühren, so daß ich der Simone in meinem Abbo heut bereits von seinen Zettelchen berichtet habe, die er uns immer schreibt und gut sichtbar irgendwo hinklebt. Sie klingen allesamt, als seien sie von einem Verwandten ersten Grades geschrieben! berichtete ich gerührt.

*der gefürchtete Mathematikprofessor von Ludwig Thoma aus den Lausbubengeschichten

Zum Abendessen gab es den köstlichen Salat von der Angelika, Brot mit Leberpastete und Wein.

„In Vino Caritas!" scherzte der Dieter so entzückend. Bei diesem Abendessen, das bis nach zwei Uhr nachts dauern sollte, konnten wir je unser volles Scherzkekstum entfalten. Es herrschte eine Bombenstimmung. Die Angelika lachte immer so entzückend zu den gezündeten Scherzen. Ich ließ mein ganzes Erheiterungsrepertorium ab.

Freitag, 4. Dezember

Bleich und schnieselnd

Am Morgen fühlte ich mich so heizungsträg. Man erhebt sich in ein modernes Theaterstück hinein, sollte etwas tun und bringt doch förmlich nichts zuwege. Im Traum *hatte ich grade grandiose Händel-Opern erfunden, gesungen und gestisch bewedelt.*

Im wahren Leben spülte ich zunächst das Geschirr. Das mittlerweile traditionell gewordene gemütliche Frühstück mit der Angelika zog sich bis in die Mittagsstunden hin. Schon haben wir uns ein wenig befreundet, und sogar verwandtschaftliche Gefühle beginnen sich zu bilden. Ich wühlte alte, erheiternde Anekdoten aus meinem Leben hervor. Von Opas Alltag: Wie er mal Mobblns Brille aufsetzte, durch die er nichts sehen konnte. Da er sie aber bezahlt hatte, behielt er sie trotzdem auf. Als Schwabe hatte der Opa die allerbilligste Brille gekauft, die es überhaupt gibt. Beide Brillen sahen völlig gleich aus. Erst als Mobbl am Abend das Fernsehprogramm studieren wollte, bemerkte man die Verwechslung.

Dann erzählte ich, daß Mobbl immer nur ORF 2 schaut, und wie der Opa sie bei ihren Filmen und Seifenopern gelegentlich auf leicht ungezogene Weise molestiert. Wenn auf dem Bildschirm jemand sagt: „Du hast keinen Anstand!" dann frägt der Opa auf höchst störende Weise: „Wer kann keinen Handstand?" anekdötelte ich, und die Angelika lachte vergnügt.

Unter dem Spiegel steht ein gerahmtes Foto von einem zirka einjährigen kleinen Buttje, der ganz ernst schaut. Ich muß dabei immer an den süßen Buz denken, der so erschreckend schnell sechzig geworden ist, auch wenn man das Gefühl hat, sein Leben habe doch eben erst angefangen.

Während ich all dies zusammendachte, schaute ich im Spiegel ein wenig darauf, den Bogen im Sinne Buzens nicht gar zu gekantet zu halten, und ihn auch mal bis zur Spitze durchzuziehen.

Zur Mittagsstund ist der Dieter nach Hause gekommen, und brachte uns eine Dose dänischer Butterkekse mit. Er selber hat an solchen Kostbarkeiten manchmal fünf bis sechs Wochen lang Freude, während wir uns kaum bremsen konnten, wenn wir einmal damit angehoben hatten, zu naschen.

Schließlich brachen wir zu unserem geplanten Ausflug nach Freiburg auf. Zunächst fährt man durch eine Ortschaft mit Namen „Grün".

„Da muß i immer an mich selber denkö!" scherzte der Dieter.

„Ich freue mich immer, wenn wir durch Grün fahren!" sagte ich verbindend.

Zunächst hörten wir auf der Reise durch die verzuckerte Landschaft Chorwerke von Bach, und zuweilen wedelte der Dieter auf Art eines Musikliebhabers- und kenners genüßlich mit der Hand dazu.

Mehr als eine Stunde lang hat die Fahrt gedauert.

Der Dieter erzählte uns, daß er jetzt Lust bekäme „Brötli" zu backen, da ihm gerade so weihnachtlich zumute sei. Früher haben sie um diese Jahreszeit mit der Oma Strohsterne gebastelt.

Obwohl ich immer versuche, nett und aufmerksam zu sein, war ich plötzlich von einem Autismusstrudel in die Tiefe gezogen worden. Meine Wangen fühlten sich so schön ofenwarm an. Dann hörten wir auch noch Schumanns erste Symphonie, die von der Angelika jedoch nicht so toll gefunden wurde, was aber wahrscheinlich an einer herabgeleierten und ausgelutschten Wiedergabe lag? Die Angelika ist in jener Musiktradition erzogen worden, daß in der Musik immer etwas passieren müsse.

Da wir sehr unterschiedliche Interessen haben, trennten sich in Freiburg unsere Wege, und wir vereinbarten, uns um Punkt acht auf dem Weihnachtsmarkt zu treffen.

Etwa 90 Minuten lang wanderte ich durch´s Schneeflöckchen bestobene Freiburg. Auf dem Weihnachtsmarkt kaufte ich mir einen dünnen Flammkuchenlappen und schließlich einen Crêpe mit Cointreau.

Nach einer Weile bekam ich Angst, Dieter und Angelika könnten mich durch ein dummes Mißverständnis doch nicht am vereinbarten Platz abholen. Und wie es dann mit mir weitergehen sollte, könnte man sich in seinen kühnsten Träumen nicht ausdenken. Die Passanten würden sich wohl einen husten, wenn sie von einer reifen 36-jährigen Frau einfach so angesprochen würden. Sie erzählt, sie sei verloren gegangen: „*Entschuldigen Sie, lieber Herr! Meine Freunde hatten gelobt, mich hier abzuholen, doch sie sind nicht gekommen. Würden Sie sich meiner annehmen??*"

Dann kamen die beiden aber doch, und die Angelika hielt mir gar ein Tütchen mit gebrannten Mandeln hin.

Im Schaufenster eines Buchladens bestaunten wir unglaubliche Erdphotos aus dem All, und dann fuhren wir durch die Dunkelheit und leisem Geschnei wieder heim. Ein etwas staksig klingender Ehemann im Radio hatte sich ein Lied für seine Frau Hannelore gewünscht, das sich anhörte, wie Musik aus dem China-Lokal.

In Gengenbach bestaunten wie den größten Adventskalender der Welt. Das prächtige Rathaus war nämlich zum Adventskalender umfunktioniert worden.

Als wir am Abend Mozarts e-moll Sonate spielten, dachte ich an Buz, der dieses Werk vor zweieinhalb Jahren so ergreifend gespielt hat. Ein Werk, das Mozart nach dem Tode seiner Mutter geschrieben hat. Die Hörer in Buzens Konzert dachten damals bewegt: „Ist seine Mutter gestorben?", doch die Oma war schon noch da - so wie sie es auch jetzt noch ist.

Im letzten Satz der Debussy Sonate steht über einem liegenden Ton im Klavier ein „Molto crescendo". Und die Pianisten sind im Allgemeinen völlig ratlos, wenn sie das sehen. Listig schlug ich vor, daß ein Saaldiener crescendierend den Flügel öffen müsse.

Als sich der Abend dahingehend über der Probe ausbreitete, als wolle er uns bedeuten, nun endlich Ruhe zu geben, packte der Dieter sein Alphorn aus. Wir spielten Weihnachtslieder, doch mit dem Alphorn hörten sie sich nicht festlich genug an, und so holte der Dieter rasch seine Trompete herbei, womit sich unsere Bemühungen dann richtig feierlich angehört haben.

Hernach setzten wir uns wieder in die Abend-ausklangskuschelecke, und der Dieter servierte uns einen „Teufeli", einen klaren Kräuterschnaps mit Anis und Orange.

Samstag, 5. Dezember

Bergend verschneit.
Man mußte ganze Schneebriketts
vom Auto abtragen

Durch und durch verdrießlich geträumt:
Buz erzählte, daß der Professor Hahmann nach Peking gereist sei, um seine Schwester zu treffen, die dort mit einem Chinesen verheiratet sei, der sie gelegentlich verdrischt. Rehlein wurde säuerlich und zänkisch, da man sich bei Buzen nie auskennt: Mal sind die Geschwister Hahmann verfeindet miteinander, und dann treffen sie sich in Peking! Eine Flug- oder gar Schiffskarte nach Peking kostet doch ein Vermögen, und man gibt doch kein Vermögen aus für jemand, mit dem man verfeindet ist!

„Doch muß es wegen dererlei immer gleich einen Zwist geben??!" warf ich eine im Raum stehende Frage auf, und Rehlein war glücklicherweise gleich einsichtig.

Dann klingelte es. Die Tante Bea aus Übersee kam als Überraschungsgast zu Besuch, doch leider saß sie im Rollstuhl: Ein Schlaganfall! Mich schauderte, weil sie doch bloß 18 Jahre älter ist als ich. Ihre Fröhlichkeit hatte sie sich zwar bewahrt, doch sie führte beständig eine Art Tamagotschi bei sich, auf dem sie herum drücken musste, wenn sie etwas brauchte.

Im wahren Leben hatte der Dieter leise an der Tür geschabt, und man hat gehört, daß draußen Schnee geschippt wurde, weil die ganze Landschaft drum herum in der Nacht sahneweiß eingeschneit worden war.

Zum Frühstück kam die Rede drauf, wie der László, (Angelikas künftiger Exmann in Zürich) 11000 Franken pro Monat verdient.

Der Tag war ein wenig ins Lampenfieber vor dem Abend getunkt.

Mittags bot mir der Dieter gar das Du an, und ich stellte mich schon als Ehefrau an seiner Seite vor. Natürlich wäre dies gewöhnungsbedürftig, und doch dachte ich so manch einmal: „Dies wäre vermutlich meine letzte Chance, daß in meinem Leben doch noch alles in Ordnung kommt. Mann, Kinder, Enkel für Rehlein & Buz, Versorgung."

Die Angelika übte wie wild, doch ihr üben hört sich oftmals gar nicht nach üben an. Sie neigt dazu, die Melodien in klimprige Einzelteile, bzw. Tonrepetierungen zu zerlegen.

Zum Konzert kamen sehr viele Leute. Die Atmosphäre erinnerte direkt an das Konzil in Konstanz. Ich war sehr froh drum, daß die Leute im Vorfeld des Konzerts alle mit Sekt abgefüllt wurden, und man somit vor einem leicht angewärmten und wohlig ansentimentalisierten Publikum spielen durfte.

Die Wirtsleute hatten leider so ein ekelhaftes Kind: Das zirka achtjährige Mädchen trug eine Schnittlauchfrisur, die höchst unvorteilhaft auf der Hauptesoberfläche mit einem Stirnband plattgedätscht war, und in einem gänzlich humorfreien Gesicht sproß ein spitzes Näschen. Die ganze Zeit stellte es uns auf einem befremdlich und unsympathisch klingenden - man könnte beinahe meinen „Trossinger"- schwäbisch - torhafte und unergiebige Fragen. Ärger als von den ärgsten Seniorin: „Mit welcher Hand hasch du denn g´spielt?" oder (fast dreist): „Gell, wenn ma dös net spielö kann, dann kratzt´s?"

Schließlich spielten wir auf einer kleinen engen Bühne. Als ich soeben den Einsatz geben wollte und schon fast losgespielt hätte, bedeutete man mir grad noch rechtzeitig, daß ein Herr in meinem Nacken doch soeben mit einer Rede anheben wollte. Verlegen hielt ich in meinem Vorhaben inne.

Den Höhepunkt der Nervosität durchlebte ich im ersten Satz Mozart, doch dann ging´s. Im letzten Satz der Beethoven Sonate passierte etwas, das ich zuvor in einem Anekdötchen über die japanische Studentin Eriko Ogawa bereits gestreift hatte: Die Angelika musste nochmals beginnen, weil sie den falschen Fingersatz genommen hatte, und ihre Hand somit gleich zu Beginn schon zuende war, wie sie hernach auf erheiternde Weise erzählte - hahaha!

Am besten, so fand ich, geriet uns der erste Satz von der Schumann Sonate.

Rührenderweise war die Veronika angereist, und während wir nach dem Konzert von einem hageren schwarzwälder Fotografen abgelichtet wurden, stand ich Qualen aus, die schüchterne Veronika könne sich hinfortstehlen, ohne daß ich mich für ihr Kommen bedankt hätte. Doch dann sah ich aus dem Augenwinkel heraus, wie der aufmerksame Dieter sie zu uns an den Tisch bat.

Doch die Veronika kam lediglich zum Verabschieden, da sie a) kein Hotel gefunden hatte, und somit b) den Nachtzug nach Hause erhaschen musste. Wie paralysiert musste ich mit ansehen, wie sich die Veronika entfernte. Sie wurde kleiner und kleiner und entschwand schließlich durch die Tür in die Nacht hinaus.

Nachdem sie ganz weg war, wurde ich von Leere und Bekümmerung erfasst – erinnernd an einen Abschied von Rehlein, bei dem ich mich hernach immer so gerupft fühle. Die liebe Veronika, die keine Mühe gescheut hat, ein hürdelig entferntes Konzert zu besuchen, hatte eine nur schwer füllbare Lücke im Tagesausklang hinterlassen. Doch nun galt es sich auf die wunderbaren Speisen zu konzentrieren.

Das Essen in diesem Nobellokal war einfach fantastisch: Ein Salat-Büffée und ein zarter Gänse-braten, neben dem die Füllung lag: Maronen und glasierte Zwiebeln. Zum Nachtisch gab es ein Pralinenparfait von unerhörter Köstlichkeit (mit belgischen Pralinen, ultra frisch). Dann kam der Nikolaus und brachte allen einen kleinen haus-gemachten Weihnachtsmann.

Später machten Angelika, Dieter und ich einen bergenden Nachtspaziergang in üppigstem Schnee-pürré.

Als wir wieder nachhause kamen, schien es so, als habe der Dieter den Schlüssel verloren; wir kämen nicht mehr ins Haus und müssten nun jämmerlich erfrieren. Doch es handelte sich nur um einen kleinen Scherz.

Schließlich saßen wir wieder gemütlich in der kuschelig warmen Küche. Die Angelika erzählte, wie sie ihr Deutsch gründlich zu verbessern trachte. Stets führt sie ein kleines Oktavheftchen bei sich, worin sie all die aufgeschnappten und selten zu hörenden Vokabeln, wie beispielsweise „wurschteln" oder „wuseln" einträgt. Sie prägt sich die Vokabeln ein, und versucht, sie bei nächstbester Gelegenheit anzubringen.

Ich erzählte, wie ich einmal eine Nacht auf dem Kassler Hauptbahnhof verbracht hab, da ich das Gefühl hatte, meiner Oma („Achgott-achgott-achgott!") einen solch späten Gast nicht zumuten zu können. Doch die durchwachte Nacht tat mir gut. Hie und da zapfte ich am Suppenautomaten ein sehr bekömmliches heißes Süppchen, und freute mich auf den Tag mit der Oma vor.

Sonntag, 6. Dezember
Pfaffenbach - Karlsruhe - Trossingen

Dick verschneit. Bleich und grau

Erst um fünf Uhr in der Frühe stiegen wir zu Bett, und bereits um acht Uhr lockte uns der rührende und so entzückende Dieter mit den Worten „Der Nikolaus war da!" und festlichem Trompetengebläse aus dem Bett, und nachdem ich die Kontaktlinsen glücklich auf die Augäpfel gestülpt hatte, sah ich, daß meine Stiefel mit schönen Dingen befüllt waren. Zum Beispiel einem Stöckelschuh aus Schokolade, randvoll mit feinsten Pralinen befüllt, und im anderen Stiefel fand ich gar ein kleines Brieflein.

„Ich hätte so gerne etwas Geistreiches geschrieben“, sagte der Dieter auf rührende Weise, „doch so früh am Morgen ist mir leider nichts eingefallen.“ Und so waren eben „nur“ ein paar schwärmerisch herzliche Zeilen mit der Grundbotschaft, daß ich jederzeit willkommen sei, daraus geworden.

Dann schoffierte er uns zum Hotel „Stube“, wo um neun Uhr ein himmlisches Frühstück auf uns gewartet hat.

Doch dort setzte er uns nur ab, da er ja ein Wörkoholiker ist, und demgemäß nach Freiburg zur Arbeit strebte. Plötzlich wollte die Angelika lieber mitfahren, statt zu frühstücken, und so verabschiedete man sich sehr herzlich. Doch ob man sich wohl jemals wiedersieht? Die Angelika riet mir, Konzerte zu organisieren - und wenn man pfeift, so komme sie!

Nachtrag 2025: Leider nie wiedergesehen

Meinen beiden neuen und mittlerweile doch so vertrauten Freunden entrupft, frühstückte ich mit Dieters Vater Berthold und seiner neuen Lebensgefährtin Inga, einer bienenhaften Dame im hormonellen Patt mit gefärbter Schaumfrisur. Die Dame war eigentlich sehr nett, doch leider war mir von der durchzechten Nacht etwas schwummrig zumute. Ich fühlte mich so müd, als wolle man vor Müdigkeit einfach losheulen.

Einmal suchte ich die Telefonzelle auf, die soeben von einem emsigen Schneeschipper freigeschaufelt worden war. Autos, Briefkästen... alles bis zur Unkenntlichkeit vollgeschneit, und beim Telefonhäusl war sogar die Tür aufgezwängt, und man mußte sich durch beinhohen Schnee hineinwinden. Nicht auszudenken wäre, wenn man dort infolge eines Dauertelefonats eingeschneit würde, und nicht wieder herauskäme.

Ich kündigte einen Besuch bei der Simone in Karlsruhe an.

Dann begab ich mich wieder ins Hotel zurück, wo mittlerweile auch die Veronika, die gestern offenbar doch noch ein Hotel gefunden hatte, da um diese Uhrzeit keine Züge mehr fuhren, als Frühstücksgast eingetroffen war.

Die Seniorin Inga ist von so nettem und persönlichem Wesen, daß sie sich von der Veronika sogar die Adresse geben ließ, weil es so unwirklich oder gar unfasslich ist, daß man sich in kürzester Zeit wahrscheinlich für immer verabschieden muß? Man verbringt die letzten Minuten mit jemandem, dem man nach menschlichem Ermessen in diesem irdischen Leben nie wiedersehen wird. Doch wenn man dies Adresse dieses Menschen besitzt, so fühlt es sich vielleicht ein bißchen weniger traurig an.

Der Berthold geleitete uns noch zum Bahnhof. Ich hatte Bertholds Worte, daß man in der kleinen Trafik

Kärtle kaufen könne, für bar genommen, erntete auf meinen Wunsch hin jedoch nur befremdete Blicke. Der Berthold hatte wohl an Ansichtskärtle und nicht an Zugkärtle gedacht?

An der Bushaltestelle klebte ein Plakat, worauf ein Säugling mit entblößtem Oberkörper abgebildet war, der nun von Schneeflocken eingeschneit wurde. Man fröstelte bei diesem Anblick im Schneegestöber.

Gemeinsam traten Veronika und ich die Reise an: Die Veronika zum Tee nach Pforzheim, und ich zur Simone. Zunächst fuhren wir nach Biberach, und auf dem kleinen bräunlichen Bahnhof tat ich so, als sei ich eine Österreicherin, die überhaupt nicht hierher passt, und eigentlich (biologisch gesehen) vertrieben werden sollte: „Wounn foart der Zug nach Ouffenbuarg??" frug ich die Veronika.

„Wann fährt der Zug nach Offenburg?"

Der ist dann recht bald gekommen. Im Abteil dichtete ich an meinem Abo für die Simone, die ich doch gerade besuchen fuhr. Die rührende Veronika stellte Nürnberger Lebkuchen und Dominosteine neben mich auf den Sitz. Dann allerdings stürmte eine lebhafte Mädchenklasse das Abteil.

Doch es sollte noch ein wenig ärger kommen: Ab Baden-Baden saßen nämlich zwei strenge Seniorinnen in unserer Vierergruppe. Ich las der belustigten Veronika vor, was heut vor einem, bzw. fünf Jahren geschah. Einmal schaute mich die eine Seniorin so verständnislos an. Ich hatte kurz in der Nase gebohrt und wandte mich verlegen ab, indem ich so tat, als müsse ich dringend aus dem Fenster schauen. Später sagte dann die eine Seniorin zur anderen: „Gute Kinderstube gibt's heut ja nicht mehr! Es gibt sogar Erwachsene, die noch in der Nase bohren!" Das hatte sie sicherlich nur gesagt, um mir eins auszuwischen, und mir wurde ganz heiß vor Schreck. Mir war zumute wie einem Schüler, der seine Hausaufgaben nicht gemacht hat. „Komm!" sagte die eine Seniorin zu anderen, „wir gehen!"

In Karlsruhe wurden wir von der Simone mit ihrer flammend roten Frisur sehr nett abgeholt. Die Veronika geleiteten wir noch zum Zug nach Pforzheim.

„Sind Sie uns sehr böse, wenn wir Sie jetzt ihrem Schicksal überlassö?" parodierte ich die Mutti von der Margarethe, die mit ihrer Zeit sehr geizig ist: Sie bringt jemanden zum Bahnhof, lässt ihn hinaushupfen und fährt augenblicklich wieder weg.

Einer beweglichen Doppelwurst nicht unähnelnd trug uns die Straßenbahn durch die graue und fremde Stadt. Ich fühlte mich etwas stimmungsarm, was in Simones Gegenwart ganz untypisch für mich ist, aber ich schob's auf meine große Müdigkeit und auch auf den Hunger, der in mir zu nagen begonnen hatte.

In einem blassgrauen, stadthallenartigen Anwesen konnte man sich überraschenderweise eine Pizza organisieren. Mitten im leeren Schankstubeninneren stand ein Aquarium und im Inneren klebte ein fast leblos wirkender Fisch an der Glaswand.

Bei der Simone gab's einen elsässischen Flammkuchen. Unglaublich köstlich. Die Creme fraîche mundete gar nach Kokosnuß. Die Simone erzählte, daß Gerüchte kursierten, zwischen der Colette und dem Professor sei es aus! Da tat mir die Colette so leid, und ich fühlte mich wie früher im Sandkasten oder in der Schule: So als müsse man hilflos mit ansehen, daß ein sogenanntes „schwarzes Schaf" mit viel zu viel Pech und Schwefel beworfen wird. Wenn dies stimmen sollte, so kann sie doch wohl kaum reumütig zu ihrer Familie zurückkehren und sagen: „Ihr hatte recht! Der Professor ist ein rechter Arsch. Ein Arsch mit Ohren, wie Herr König sagen würde."

Die Simone hatte sich Anne-Sophie Mutters Beethoven-Sonaten gekauft. Aus dem Booklet haben die von der Deutschen Grammophon ein richtiges kleines Fotoalbum gemacht: Beim Proben und sogar von oben, und den Pianisten Lambert Orkis hemdsärmelig am Klavier - mal ganz anders!

Mir zur Huld rang die Simone ihre Freundin Gudrun in Trossingen an, um sie zu animieren, mich von „Trossingen Bahnhof" abzuholen (etwa vier Kilometer vom Stadtkern entfernt), doch alsbald verlor sich die Telefonierende in Entsetzens-bekundungen: Trossingen sei bis zur Unkenntlichkeit eingeschneit!

Mit diesem zweischneidigen Wissen behaftet fuhren wir in der gänzlich überfüllten historischen Bimmelbahn zum Hauptbahnhof zurück. Eine Dame in unserem Blickfeld trug ein Lebkuchenherz mit der Aufschrift: „Küss mich ohne Pause!" um den Hals.

Sehr herzlich verlief unser Abschied am Bahnsteig. Dann bestieg ich die Eisenbahn und entfernte mich in gefühlter Lichtgeschwindigkeit. Meine Gedanken blieben noch eine Weile auf dem Bahnsteig, und im Geiste blickte ich der Simone, die sich langsam nach Hause entfernte, noch hinterher. Dann aber lösten sich diese Gedanken auf, wie der Rauch einer Cigarette im Aschenbecher.

Im Abteil versuchte ich ein wenig Schlummer nachzuholen.

Der Stationsansager war heut bestrebt, die Stationen etwas künstlerischer anzusagen als sonst. „Hornberg - heißt unser nächster planmäßiger Aufenthalt. Sie alle haben schon vom Hornberger Schießen gehört!"

Vor dem Fenster schienen die wirbelnden Schneeflocken außer Rand und Band geraten.

Kurz vor Trossingen Bahnhof sprach mich ein nettes junges Fräulein auf ein eventuell nötig werdendes Sammeltaxi an, und ich konnte ihm eine Riesenfreude bereiten, indem es nämlich auch von der Gudrun in den Kern von Trossingen mitgenommen wurde. Dieses nette junge Fräulein, das soeben ein Studium der Musik begonnen hatte, wohnt Tür an Tür neben der neuen Professorin Frau Brunzmeyer - direkt über dem Schreibwarenladen. Die Gudrun setzte uns auf dem Marktplatz aus, dieweil sie nicht so gern durch die Eberhardstraße fährt, und schon gar nicht zum Haus Nummero sieben, da dort ihr Ex, der Spanier Jordi lebt.

Gepäckbehangen lief ich in der Dunkelheit durch
Packschnee nach Haus.

Montag, 7. Dezember

Bergend verschneit.
Besonders putzig türmte sich der Schnee
auf den Fahrradsitzen im Hof.
Wie von Dr. Seuss gemalt

Im Traume *stand ich in einer Nische der Musikhochschule, und zog aus meinen alten Strümpfen in frische
Strümpfe um. Um mich herum war es völlig lautlos, und ich
hatte das Gefühl, allein im Haus zu sein. Doch plötzlich lief
Herr Reimer den Flur entlang. Nicht genug damit, daß er ein
häßlicher alter Mann geworden war - er hatte auch noch einen
unangenehmen Charakter angenommen, wie der Mathematik-
lehrer Kurth in Aurich (ein alter Rußlandveteran).
Ich versteckte mich hinter einem Kleiderständer, und nach
einer Weile leuchtete auch Frau Kettler auf, die Herrn Reimer
extrem unauffällig in weichen Babuschen hinterherschlich, um
sich kund zu tun, was er da wohl so vorhabe.
In meinem Traum war es so, daß man in Süddeutschland
kein Norddeutsch, und in Norddeutschland kein Süddeutsch
verstand, so daß ich mich in Trossingen hilflos als Aus-
länderin fühlte: Man sieht Buchstabenketten, kann nichts
damit anfangen; man hört Laute und versteht kein Wort.*

Am Morgen waren meine schrägen Dachfenster
vollkommen zugeschneit. Die Schneemassen, hart
und verkrustet, drohten die Fensterscheiben einzu-

drücken. Ich wußte gar nicht, was ich machen sollte. Schließlich fiel mir nichts besseres ein, und ich verließ das Haus.

Das Auto von Herrn Reimer kauerte in jener engen Hochschulnische, wo man sich nur wundern kann, wie man dort aus seinem Auto steigen soll, da die Türen millimeter dicht an der Wand stehen. Auf mich wirkt´s immer so, als sei der Fahrer kurz vorher ausgestiegen und habe das Auto millimetergenau in die Nische geschoben. Abends muß er es mit einem Seil wieder hervorziehen. Dies habe den Vorteil, daß niemand neben ihm parkt und ihm vielleicht eine Beule ins Auto fährt.

Überraschend traf ich den Cellisten Harald (Nachname unbekannt).

„Jetzt treffen wir uns durch großen Zufall zum dritten Mal auf Erden" rief ich vergnügt. Aber mit dem Harald, einem zünft´jen Schwaben, werde ich nicht so recht warm. Wenn ich ihn ehelichen sollte, so würde ich mich sicherlich bald wundern, denn der Geiz einer Krämerseele und ein gewisser Kleingeist steht ihm bereits jetzt in sein noch frisches Burschengesicht geschrieben.

Beim Üben hatte ich das unbestimmte Gefühl, meinen neuen und noch unbekannten Nachbarn mit meiner Lärmerei auf die Nerven zu fallen.

Nach zwei Übstunden war ich sehr hungrig, doch ich wollte erstmal die Joggerei hinter mich bringen. Wer hätte jetzt gedacht, *wie* bezaubernd es würde! Alles war so schön sahnig eingeschneit. Kurz vor dem Brücklein am See hätte ich mich am liebsten einfach in den Schnee fallen lassen, so schön bergend hat es ausgeschaut! Der „Stöckelschuh" (ein markant aussehender Baum, der an das in die Höhe ragende Bein einer Dame erinnert, das mit einem schicken Stöckelschuh gekrönt wird) war bis zur Unkenntlichkeit zugeschneit und sah nurmehr wie ein Duschkopf aus, der an einem hohen Stengl befestigt ist, so daß man von hoch oben beduscht worden wäre, wenn er denn einer gewesen wär. Dort lief jener unwirklich wirkende Greis mit den unnatürlich langen Beinen, der eher ausschaut, als habe man sich ihn nur eingebildet. (Eine Halluzination nach einem schweren Sonnenstich)

Schließlich besuchte ich das Reisebüro. Ein erfüllender Ausflug durch den Schnee wurde daraus. Unterwegs begegnete ich Herrn Reimers Sekretärin Sabine, die auf ihre schlaksige und etwas verhagelte Art in die Drogerie strebte.

Im Reisebüro kaufte ich mir nach Art von Gerhard Schröder - einem Mann von raschem Entschluss, wie seine Doris der Presse verraten hat - eine Karte über Nürnberg nach Ofenbach.

Wie sich die Doris wohl noch wundern wird, wenn sich ihr Gerhard bald mal wieder schnell entscheidet? Ein *falsches Wort am falschen Ort, und er sucht sich eine Neue!*

Nachtrag 2004:
Und tatsächlich: So kam´s!

Beim Edeka war ich auch noch, und als ich unter den wirbelnden Schneeflocken die Tür zu dem warmen und warmerleuchteten Laden öffnete, musste ich an die Reimers in ihrem kleinen Dorf denken. Ob Herr Reimer heut wohl noch nach Hause fährt? Das Flockengewirbel wird dichter und dichter, besser wär´s somit, in seiner kleinen Stadtwohnung zu verbleiben...

Die eine Verkäuferin mit dem Pagenkopf war sehr genervt von der albernen Musik, die heut bereits den ganzen Tag aus dem Lautsprecher quoll, um die Kundschaft bei Laune zu halten. Dies seufzte sie mir zu, während sie etwas Fisch für mich einpackte.

Wieder daheim schrieb ich einen Brief an das Ehepaar Heike. Eigentlich hätte der brave Georg ja einen Brief an sich alleine verdient, doch als Sicherheitspuffer baute ich seine Ehefrau mit ein. Denen erzählte ich, daß Gerhard Schröder unlängst in meinem Traum eine Prostituierte erwürgt habe. Dies stimmt sogar - leider!

Dann rief Ming an.

Ming und Linda reisen am Donnerstag nach Amerika, so daß ich am Mittwochabend womöglich nur wenig von ihnen habe.

Die Mutter von Frau Binder ist am Donnerstag im gesegneten Alter von 91 Jahren gestorben.

Am Abend hörte ich andauernd die dritte Symphonie von Brahms, und die Musik wühlte mich sehr auf. Bald sehe ich meine Tante Bea wieder. Damals als Kleinkind war mir mit Beas Auswanderung meine ganze kleine Welt zusammengebrochen, und jetzt freute ich mich irgendwie noch gar nicht richtig darauf, sie wiederzusehen.

Dienstag, 8. Dezember
Trossingen - Nürnberg

Sahnig und dick verschneit.
Praller, fast amerikanisch wirkender Sonnenschein

Ich träumte, daß ich *einen Basar besuchte, der nicht nur zehn Mark Eintritt gekostet hatte, sondern wo man - grad wie im Orchester - für jede Minute, die man zu spät kommt, eine Mark Strafe entrichten musste. Dort setzte ich mich neben einen Herrn auf einen Barhocker - einem Auswanderer aus Ostfriesland, wie sich herausstellte. Ich machte ihm humorig vor, wie das Gesicht einer Reporterin, die ihn interviewt, dem seinigen immer näher kommt, so daß er vom Barhocker zu fallen drohe.*

Beinahe wäre ich unmittelbar nach dem Weckerschrill ins Bett zurückgestiegen, da mich eine beginnende Altersschwäche auf Art eines gebogenen Spazierstocks, den man auswirft, um jemanden am Weiterstreben zu behindern, ins Bett zurück nötigen wollte.

Dann entschloss ich mich aber ganz spontan zum Joggen im Schneepürrée, weil ich aus saurer Erfahrung bereits weiß, wie es weiterginge, wenn ich doch wieder ins Bett kröche: Kostbare, nicht wieder einsammelbare Zeit wäre vom Tagesbeginn hinweggebröckelt.

Ich könnt mir ja *vorstellen,* ich träum´, ich trimm! dachte ich frohgemut.

Ein zartblauer Himmel wölbte sich über dem bergend verschneiten Trossingen, wo man teilweise nicht von den Gehwegen herabkommt, weil sich richtige Schneegebirge - von fleißigen Familienvätern zurechtgeschippt - gebildet haben. Kurz vor der Bäckerei begegnete ich dem netten Chef vom Hohner Konservatorium - einem Herrn, den ich sehr gerne hab. Ich erfuhr, daß er sich morgens bereits gegen viere zu erheben pflegt. „Um fünf kommt dann schon die Zeitung, und damit mache ich es mit gemütlich!" schmunzelte der nach außen hin stets fröhliche Herr.

An einer Stelle sah ich eine ganz alte Dame schippen. Ich betrat die Bäckerei und kaufte ich mir ein Brötchen. Heute hatte ich das Gefühl, daß das nette nudellockige Bäckereifräulein schlecht drauf sei, und überlegte auf scharfsichtige Weise, ob dies wohl an einer Inkompatibilität mit dem neuen, eher unauffällig einfältigen Fräulein liegen könnte, und ob man´s rein biologisch vielleicht ein wenig so ansehen müsse, als habe man zwei Tiere, die nicht zusammenpassen, gemeinsam in einen Käfig gesperrt?

Mittlerweile glitzerten Sonnenstrahlen auf dem üppigen Schnee. Und dann begegnete ich nach so vielen Jahren plötzlich der ehemaligen Hochschulsekretärin Frau Kresse. Die mittlerweile von der Patina der Jahre leicht angegilbte Frau, mit der

Ausstrahlung eines nicht mehr ganz frischen österreichischen sogenannten „Skihaserls", begrüßte mich nett, fast kumpelig, und beide dachten wir womöglich etwas jener Art übereinander, daß wir auch nicht jünger würden. Ich erfuhr, daß Frau Kresse seit einem halben Jahr arbeitslos sei. Ihre Tochter, die mal von Herrn Reimer im Kinderwagen bewundert wurde, - **Herr Reimer trug damals zwar ein freundliches Lächeln auf den Zügen, doch durch das Lächeln hindurch schaute er bang auf den Säugling drauf. Hoffend, keinerlei Ähnlichkeiten mit sich zu erkennen** - sei mittlerweile zehneinhalb Jahre alt. Keck riet ich Frau Kresse, doch einfach morgen früh wieder bei Herrn Reimer im Dienst zu erscheinen, als sei nichts gewesen.

In der Eberhardstraße ereilte Buzens Freund Markus Stenglein ein kleines Mißgeschick: Voller Elan wollte *er*, der am Abend zu konzertieren hatte, im Auto einen Schneehügel im Schwung nehmen und blieb stecken. Die Reifen rotierten wie von Sinnen.

Buz erzählte, daß meine CD fertig sei. Bloß ist sie noch nicht bei uns eingetroffen. Dann warf er sogar die Idee auf, Herrn Reimer eine zu schenken. Man müsse nur ein Kärtchen beilegen, worauf „Frohe Weihnacht!" draufsteht, hatte sich der süße Buz auf seine einfache Art so nett überlegt. Dies wiederum aber wäre ja verlogen bis dort hinaus, weil ich Herrn Reimer doch überhaupt keine frohe Weihnacht wünsche. Es würde geradezu hohnvoll klingen. Rein theoretisch könnte ich schreiben: „Ich weiß, wie lächerlich es wirkt, seine eigene CD zu verschenken. Die meisten tun dies ohnehin nur, um sich zu brüsten..." Später überlegte ich, daß ich ihm auf ein Kärtchen schreiben könne: „Frohe Weihnachten, Bill! Monica". So daß Herr Reimer vor Schreck purpurn anläuft, wenn seine Frau das Päckchen öffnet.

Ich begab mich auf den 14.35 Zug. Höchst beschwerlich war´s, das Gepäck durch den Schnee zu schleifen, zumal ich auch noch leicht um die Pünktlichkeit bangen musste.

Als ich schließlich aus dem Bähnle an Land steigen wollte, hat mir überraschend der Klarinetten-professor Wandel - ein älterer Herr mit einer Dachfrisur und schelmischen Zügen im Gesicht - mit dem Gepäck geholfen. Ihn als Mitinsassen hatte ich die ganze Zeit über gar nicht bemerkt. Nun war ich somit der gleichen Situation ausgesetzt wie damals mit Herrn Hahmann, bloß daß meine Wellenläge zu Herrn Wandel eine Spur besser ist. Erster Klasse bedingt trennten sich unsere Wege bereits in Rottweil, doch bis dahin saßen wir uns im Kurzzug gegenüber, und einmal hat mich Herr Wandel sogar kurz an Onkel Dölein erinnert: Als er auf meine, für eine reife Frau doch etwas ungewöhnliche Frage, was er sich wohl zu Weihnachten wünsche, zart auf-schmunzelte. *„Der* *werde ich gerade meine geheimen Wünsche verraten!"* barg das Schmunzeln.

Dann unterhielten wir uns über die erste Klasse in der Eisenbahn und über den Schnee, von dem es heißt, er würde bald hinwegschmelzen. Ferner übers Blasen im Alter, wenn die Lippenmuskulatur dahinwelkt, so daß man nur noch röhrende Klänge hinbekommt, die man nicht unbedingt gehört haben muss. Ich erkundigte mich höflich nach seiner Frau Renate, einer Dame, von der ich das Gefühl habe, sie könne mich nicht leiden, da ihr Mann immer gleich ganz anders ist, wenn ich dabei bin.

Schließlich trennten sich unsere Wege. Ich sah Herrn Wandel heut nicht mehr, und wer weiß: Vielleicht habe ich ihn ohnehin zum letzten Mal im Leben gesehen, denn Herr Wandel wird langsam alt, und ein erneutes Wiedersehen wurde nicht vereinbart. Stattdessen saß ich jetzt in einem Viererabteil der zweiten Klasse - mir gegenüber ein Senior mit wie geschnitzt wirkenden, humorigen Zügen im Gesicht. Ein Schmeckefuchs, der seine mit geringelten Strümpfen bestülpten Füße neben mir auf den Sitz gebettet hielt. Ich schrieb Briefe. „Liebesbriefe?" jovialisierte mein Mitinsasse. Einmal aß ich einen Apfel und berührte mit dem Apfelbutzen leicht seinen Fuß, so daß ich den Apfel natürlich nicht mehr ohne Grausen hätte weiteressen können.

Zwischen 16.25 und 18.07 hielt ich mich in der Landeshauptstadt Stuttgart auf. Ich setzte mich ins Intercity-Lokal, und die lahme Art der wuselnden

Kellnerschar, jemanden zu übersehen bzw. nicht zu bedienen, zerrte an meinen Nerven. Schlließlich erbarmte sich eine gestresste junge Kellnerin meiner, und ich bestellte mir etwas ganz Feines: Eine Kugel Eliseneis. Hm, dies schmeckte!

Dann las ich im Illustriertenshop das „Rondo" - ein Journal für den Klassikfreund, das gar ein Interview mit Anne-Sophie Mutter barg. Wir Leser erfuhren, daß die Anne-Sophie einst als 14-jährige dem Karajan das Violinkonzert von Beethoven vorspielen sollte. Sie stellte sich in Positur und spielte los, doch der „Maestro" unterbrach nach zirka dreißig Takten und sagte so wie im Märchen: „Übe noch ein Jahr weiter, und stehe binnen Jahresfrist wieder auf der Matte!" (Dem Sinne nach, - denn man glaubt ja kaum, daß der eilige Taktstockschwinger derart bedachtsame Worte angewandt hat)

Sehr nett wurde ich in Nürnberg von der Veronika abgeholt. Obwohl wir uns nur zwei Tage lang nicht gesehen hatten, machte ich ein Gedöns um das Wiedersehen, als seien zwanzig Jahre vergangen.

Daheim bereitete mir die Veronika nett wie eine Mutter einen Reformreis zu, doch das behagliche Beieinandersitzen wurde von einem höchst betrüb-lichen Telefonat gänzlich verdorben: Mutti H. in Pforzheim erzählte, daß es ihren Heinrich erwischt habe - ein Schlaganfall im Alter von eben mal 85 Jahren! Wir wurden unglaublich traurig. Hilflos sprach ich der tapferen Seniorin durch den heißen Draht Mut zu. 40% der Schlagbefallenen werden wieder ganz die Alten - will ich irgendwo gelesen haben.

Die Veronika hatte mein Bett so herrlich luftig bezogen.

Mittwoch, 9. Dezember
Nürnberg - Ofenbach

Schneeverkrustet. Zum Teil zartblauer Himmel

Wunderbar in dem so herrlich luftig bezogenen Bett genächtigt.

Am Morgen wollte ich mich gleich nützlich machen und brach zur Bäckerei auf. Aber beim Fußmarsch durch die Gassen fühlte ich mich müde und angestrengt. Gestern um diese Uhrzeit war Veronikas Papi noch ein gänzlich normaler Mensch wie ich und du - nicht ahnend, daß es ihn noch am selben Abend erwischen würde. Ob wir ihn heut in einem Jahr noch haben?

Beim Frühstück mundeten die Brötchen ungeheuerlich, und ich frug die Veronika nach ihrer neuen Schülerin, der neunjährigen Pfarrerstochter Klara aus. Beim letzten Mal habe das liebe kleine Mädchen, das seinen Eltern nur Freude bereitet, mit Veronikas anderem Schüler Grischa ein Duett gespielt, und der Grischa habe gesagt, daß er sonst ganz anders zu spielen pflege. Nämlich viel schneller, und machte es vor. Unschwer, sich vorzustellen, wie die schüchterne Veronika ihre Mühe damit hatte, sich gegen den vorlauten Knirps durchzusetzen. Der Grischa lässt sich nämlich nicht so gerne in sein Spiel hineinreden. Einmal habe er ein Werk ganz genmanipuliert vorgetragen und selbstbewußt gesagt: „Ich habe mir überlegt, daß das so viel besser ist!" Und als die Veronika ihm etwas beibringen wollte, sagte er gönnerhaft: „Das machen wir dann beim nächsten Stück. Das habe ich mir jetzt so angewöhnt."

Bald darauf begaben Veronika und ich uns zur Straßenbahnhaltestelle. Ich begleitete die Veronika ein Stückerl bis zum Opernhaus, und auf dieser kurzen Wegspanne fiel mir schon gleich eine Episode aus meinem Leben ein: Als der Arthur mal in Ofenbach zu Besuch war, sagte Mobbl mit Unterton: „Die gnädigen Herren warten aufs Frühstück!" damit der Opa das auch hören, und gefälligst auch auf sich beziehen sollte.

Mein Zug nach Wien hatte 15 Minuten Verspätung. Der Rucksack war mir so schwer geworden und schnitt tief in die Schulterblätter.
Im Bahnhofsbuchladen tippte mich plötzlich die rührende und treue Veronika von hinten an. Sehr nett brachte sie mich noch an den Bahnsteig, wo ich alsbald den ICE nach Wien bestieg, der gottlob angenehm ausgeapert war, so daß man es sich als Reisender wirklich gemütlich machen konnte.
Einmal saß ich im Speisewagen. Ich aß einen warmen Käsekuchen, und in meiner Sichtlinie saß

ein reisefreudiges Ehepaar, das einen Kuchengut-schein besaß, wie es dem Kellner stolz und freudig berichtete.

Später waren die Eheleute jedoch von allem leicht enttäuscht: Der Kaffee war ihnen zu groß und zu teuer und der Kuchen zu warm.

„Der ist ja warm!" rief die Frau enttäuscht, und ich fühlte mich schuldig, weil ich den netten Kellner kurz zuvor auf die Idee gebracht hatte, mir den Kuchen leicht anzuwärmen.

Am Abend, als es bereits dunkel war, hatten wir plötzlich einen Maschinenschaden. Der Zug blieb stehen, und immer wieder wurde per Lautsprecher etwas eintönig formuliert durchgegeben, daß sich die Weiterfahrt verzögere. Einmal fiel gar das Licht aus, so jedoch nur kurz, und bald darauf gingen überall die Händis los. Irgendjemand schien den Herden-trieb ausgelöst zu haben.

„Hören Sie mich??" bellte ein Herr multipel ganz laut in den Hörer, und es wirkte erheiternd wie in einem Sketch von Loriot. Auch ich rief Ming an, und wahrscheinlich klang meine Stimme leicht klassen-zimmersyndrom behaftet, da mich die vielen Men-schen um mich herum verlegen stimmten. Doch Ming einen „süßen Schatz" zu heißen, ließ ich mir nicht nehmen.

Der Lebensfortsatz wurde nun doch recht beschwerlich. Nachdem unsere Geduld so strapaziert worden war, hieß es plötzlich, man möge aussteigen. Kaum hatten sich die grämlich zu werden beginnenden Reisenden zu einer Ausstiegshorde geballt, da hieß es plötzlich, man müsse doch nicht aussteigen, und dann mußte man es allerdings doch. Nämlich am fahl beleuchteten Bahnhof von Melk.

So wie Buz einst im Flughafen in Sibirien vor der mörderischen Kälte gewarnt wurde, wurde man hier vor der Höhe der Bahnsteigskante gewarnt. Ebenso warnte man vor der gefährlichen Glätte, die die Aussteigenden erwartete. Ofenbach schien mir noch so entsetzlich weit entfernt - grad wie Buffalo in jenem Gedicht über Buffalo.

Sehr lange fuhr ich in der Straßenbahn zum Südbahnhof.

Um 21.29 fuhr mein Zug schließlich in Wiener Neustadt ein. Ich freute mich sehr auf dieses neue Kapitel in meinem Leben. Erst heute Mittag hatte ich diejenigen, die in Nürnberg ausstiegen leicht beneidet, und zur Veronika gesagt: „Die haben es gut. Die sind angekommen!" Hört man nicht immer wieder den Satz: „Ich möchte endlich ankommen!"? Und nun ging es mir selber so mit Wiener Neustadt.

Ich hatte die Wahl: Entweder mich ganz der großen Erschöpfung, die die Reise nach sich zog, hinzugeben, oder aber ganz viel frischen Elan zu bündeln und mit nach Hause zu nehmen. Auch wenn Ming und Mobbl sich leicht verspätet haben, und ich bereits an der Glastür, die ins Freie führte wartete, entschied ich mich für Letzteres. Ich packte sogar den Stier an den Hörnern und fuhr selber, um Mobbln zu zeigen, wie toll ich Auto fahren kann.

Die Mobbl war so süß! Ebenso der erfreute Opa daheim. Der Opa, so erfuhr ich, wäre schon fast mitgekommen, aber er kommt immer nicht los, dieweil er doch das Daltonsyndrom hat. Ständig zwängt sich eine andere Tätigkeit dazwischen, die dringend in Angriff genommen werden muß, und so war er daheim beim Lindalein geblieben, das für uns gekocht hatte. Biopute (selten zu lesendes Wort) und feinstes Gemüse, köstlich wie von Rehleins zarter Hand zubereitet. Später sagte ich überraschend zu Ming: „Mir hat es eigentlich gefallen, daß du das Auto so vollgefurzt hast! Ich fand das so menschlich!" Ich sagte es ein wenig in jenem Tonfall, wie mein alter Freund Alexander über Interpreten zu sprechen pflegt.

Der Opa hatte den „Erlkönig" dichterisch in die heutige Zeit transponiert, las ihn uns vor und lachte Tränen. Kind tot. Auto Schrott.

Später, als es oben ans Musizieren ging, blieb der Opa als Einziger unten im Eßzimmer zurück und drohte die schönen Lebkuchen vom Herwig ganz alleine aufzuessen. Zweimal kam der Opa herauf. Es knarzte im Gebälk: „Wo ist die Katz?" frug er beim erstenmal, und beim zweiten Mal verstieg er sich darauf, daß man die Fenster mit Styropor abdichten müsse.

Donnerstag, 10. Dezember

Schneeverkrustet.
Allerdings zumindest am Morgen
intensiver, glitzernder Sonnenschein.
Gegen Mittag mattete der Himmel ein wenig ab

Wunderbar im Keller genächtigt. Allerdings hatte der Opa die Rolläden so fest herabgelassen, daß es am Morgen ganz finster war und man die zeitliche Orientierung völlig verloren hatte. Mir waberte das Gefühl nach, wahnsinnig spannend geträumt zu haben, und doch verfiel das soeben Erlebte in meinem Hirn allzu rasch zu Staub. Lediglich an ein Detail konnte ich mich erinnern: *Ich saß im Caféhaus und verlangte einen Kostenvoranschlag für meinen Kaffee.*

Gestern wurde ein Scherz Mobblns laut belacht: „Ich möchte schon noch so lange leben, bis meine Witwenrente aufgebraucht ist!"

Heut wiederum hatten wir uns in jenen Tag hineinerhoben, an dem Ming und Linda nach Amerika aufzubrechen gedachten.

Am Morgen sprach ich auf Mings Anrufbeantworter und tat so, als sei ich die Dolores. In knatschigem Wiener Tonfall sagte ich: „Geh Iwan, ich wäääiß, doß du dahoam bist. Geh bitte ran. Es ist wirklich dringend."

Dann setzte ich mich an den Eßtisch und begann mein Briefabo an die Veronika. Ich erzählte vom gestrigen Händizückherdentrieb im Zug, und wie die Leute beim herumtelefonieren all ihre Hemmungen fallen zu lassen pflegen, weil einem suggeriert wird, man säße in der Ohrmuschel des anderen, und wäre für die anderen Leute unsichtbar geworden. Dann wiederum schrieb ich, daß Mobbl sehr gut gestimmt sei, und noch nicht gesagt habe „Die Herrschaften scheinen auf´s Frühstück zu warten!" (aber vielleict gedacht).

Schließlich zeigten sich Ming und Mobbl, und beide waren so entzückend zu mir.

Wir begannen den Tag mit einem Spaziergang im Schnee und schossen Schneefotos für den Friedel, der sich das per E-Mail gewünscht hatte, weil er schon gar nicht mehr wusste, wie die Großeltern überhaupt ausschauen. Er habe ganz plötzlich fürchterliches Heimweh nach ihnen bekommen, nachdem er jahrelang kaum noch an sie gedacht hatte.

Auf der verschneiten Wiese legte Mobbl gar einen kleinen Strip hin, indem sie sich ihr Wollhemd auszog, weil ihr zu warm geworden war. Ich scherzte, daß dies doch die Gelegenheit sei, im Schnee ein paar Nacktfotos zu schießen. Doch plötzlich schießt eine Wildsau herbei und nimmt die abgelegten Kleidungsstücke im Sturm, um ihren Jungen damit ein kuscheliges Nest zu bauen.

Daheim setzten wir uns oben im Ashram zum Frühstück zusammen und ich erzählte, wie ich mich bei der Oma Ella immer bloß in der Stube auf-zuhalten pflege. Wenn ich auf´s Häusl will so sagt die Ella: „Wo willst du denn hin, Mädchen?" „Aufs Häusl!" „Biddö??" „Aufs Kloho!" „Ja, dann sieh mal zu, daß du rasch wiederkommst!" Ich glaube, diese Anekdote hab ich denen schon mal erzählt? Und sprech ich nicht immer wieder davon, was wohl der Unterschied von einem Siebzigjährigen, einem Achtzigjährigen und einem Neunzigjährigen ist? Der Siebzigjährige sagt: „Hab ich ja schon erzählt!" und hält ganz verlegen inne. Der Achtzigjährige meint: „Hab ich glaub ich schon mal erzählt?" erzählt die Anekdote jedoch trotzdem nochmals, und der Neunzigjährige erzählt sie einfach so schon wieder.

Ming mußte um 12.14 zum Bahnhof Klein-wolkersdorf gebracht werden, wo er eine Sängerin in der Gesangsstunde beim Prof. Holl begleiten wollte.

Ich wiederum mußte drüber nachdenken, wie das Leben wohl wäre, wenn man nicht ständig Geige üben oder ins Tagebuch schreiben müsste. Man könnte ein ganz normales Leben führen: Kochen, Hällowien feiern, sprich, Kürbisse ausschneiden, so wie es der Friedel auf einem Foto macht. Kinder zeugen, großziehen und Fotografien über die Computerbildschirme flimmern lassen. Allerdings ließ der Friedel in seinem Brief durchschimmern, daß Omi Antje, die derzeit in den USA zu Besuch ist, schon leicht genervt ist von ihrer völlig verzogenen Enkelin Maika, die ständig „No!" sagt – und dies bei ALLEM was vorgeschlagen wird.

Dann fuhren Ming und ich mit größter Verspätung nach Klein Wolkersdorf, denn zuvor sprang das Auto so lange nicht an. So verpassten Ming & ich den Zug, und zu Übungszwecken lenkte ich´s nach Hause.

Daheim saß Mobbl im Ohrensessel vor dem Bildschirm.

„Reicht´s noch auf den nächsten?" frug sie anteilnehmend, und eine ganz sauertöpfische Stimme auf dem Bildschirm sagte: „Nojo, sicher!"

Ming und ich spielten zum Spaß den ersten und letzten Satz von Beethovens Es-Dur Sonate, und ich hatte dieses Werk ganz fein auswendig gelernt. Ming fand, ich spiele atemberaubend. Dann aber galt´s, sich auf den Zug um 13.06 zu sputen.

Ming ist so unglaublich nett geworden.

Auf dem Heimweg hatte ich eigentlich ein ganz gutes Gefühl beim Autofahren, nur als es die steile Kalgasse hinaufging war´s ganz blöd. Ich fuhr im 4. Gang, und in der Sorge rückwärts wieder hinabzurutschen gab ich panikiert viel zu viel Gas, so daß es hernach nach verbranntem Leder roch.

Daheim warteten so viele interessante Tätigkeiten auf mich: Der interessierte Opa hat in den 70er Jahren das „GEO" abonniert (ein hochinteressantes, grün umrahmtes Journal), und die Hefterln seit Jahrzehnten gesammelt. Unten im Keller stapeln sie sich meterhoch.

Ich studierte die Überschriften: Zum Beispiel über Depressionen und Orang Utans. Themen, die mich sehr interessieren.

Mobbl hatte uns ein Rührei zubereitet, und nach dem kurzen Mittagessen folgten Linda und ich Ming mit dem 15.16 Zug nach Wien.

Beinahe hätten wir den Zug verpasst.

Verzweifelt wrangen wir uns und das Gepäck aus Mings Golf, und die Linda stürmte voraus, um den Zug an der Weiterfahrt zu hindern. Leicht deprimiert hat´s mich, daß ich in der Eile den Kofferraum nicht abgeschlossen hatte, doch wir schafften es.

Mit Lindas unerhört sperrigem Gepäck verließen wir die Eisenbahn. Wir fuhren mit der Linie 18 in die Bahngasse, um die Gerlind zu besuchen. Schon vor der Türe hörten wir es im Hause quietschen und johlen. Des Rätsels Lösung: Omi Helga war mit ihrem Hundi zu Besuch, und die kleine Daaje hing johlend, wild und ungestüm an der Hundeleine.

Die kleine Gesine fand ich sehr süß, küsste sie hie und da auf ihr bezaubernden Apfelbäckchen, schwang sie durch die Lüfte und versuchte, mich so gut es eben ging, an den Kindern zu ergötzen. Es wurde Tee getrunken, und die Zeit wurde mir lang und schmerzlich anstrengend. Die Daaje hat die Neigung, mitten in die Gespräche der Erwachsenen hinein irgendetwas haben zu wollen.

„Ich brauche zwei Matten!" sagte sie fest und resolut, und ließ keinen Zweifel daran, daß sie erst wieder von diesem Thema abrücken würde, wenn sie zwei Matten hätte.

Einmal zeigte sich Vati Fritz mit einer ganz zerzausten Frisur und einer fahrig geistesabwesenden Ausstrahlung, weil er am Abend schon wieder spielen mußte. Er wollte duschen, doch in der Badewanne lag ein vollgekotztes Hundetuch, da das

Hundi die lange Fahrt im Auto nicht vertragen hatte. Und auch ohne daß der Fritz etwas sagte, spürte man die Spannungen, die von einem verärgerten Familienoberhaupt ausgingen, und die sich fast zwangsläufig ergeben, wenn der Fritz denn mal daheim ist.

Die Daaje zeigte schon jetzt die Züge einer wohlgeratenen Tochter, indem sie dem Fritz unaufgefordert ein Bier brachte, und sich hernach schutzsuchend an ihn schmiegte. Der Fritz umarmte seine kleine Tochter auf geistesabwesende Weise. Er zog sie in seine Arme, drückte sie an seine Brust, dachte dabei jedoch an völlig andere Dinge, und erinnerte direkt an meinen Onkel Eberhard, wenn er seine Tochter, das Katilein, umarmt.

Gestern hatte der Fritz in einer häuslichen Anwandlung ein Brot gebacken, und die Daaje sagte: „Papi, du solltest nicht nur Brot backen, sondern beispielsweise auch mal einen Kuchen!" Überhaupt ist die Daaje raffiniert. Dauernd wollte sie Zucker oder Sauerrahm naschen, und einmal sagte sie: „Macht mal alle die Augen zu!"

Auf rührende Weise kamen die Erwachsenen der Bitte des kleinen Mädchens nach, und da löffelte sich die Daaje ganz geschwind etwas Zucker und Sauerrahm zusammen.

Die kleine Gesine löffelte mir dauernd Zucker in den Tee. Einmal hat der Hund in die Ecke gebronnst, und sogar mein einer Stiefel hat etwas abbekommen.

Später erfuhren wir dann, wie rasend die Gerlind von dem Hund genervt ist.

Die ganze Zeit warteten wir auf Ming, der hie und da anrief. Ming verspätete sich aus jenem Grunde so sehr, weil er auf der Straße den großen Pianisten Alfred Brendel getroffen habe. Der Brendel hatte Spendierhosen an, und lud Ming kurzerhand ins Café Demel ein.

Ohne das Lindalein könnten wir gar nicht mehr leben. Vielleicht hat sie ja Beätchens magische Aura geerbt, und ich rief mir ins Gedächtnis zurück, wie Rehlein dem Beätchen wenige Wochen nach deren Auswanderung nach Amerika geschrieben hat: „Nachdem du weg warst, dein Stuhl am Tische leer blieb, dein Gesang verstummt war, hat auch unser liebes kleines Kikalein zu singen aufgehört. Es wurde ganz ernst, schaute nur noch aus dem Fenster und wartete auf Dich - wenige Wochen später verstarb unser geliebtes kleines Kind an gebrochenem Herzen." (Nein, den letzten Satz schrieb Rehlein natürlich nicht)

Ming und Linda würden bei der Gerlind nächtigen und morgen mit dem ersten Hahnenschrei gen Amerika fliegen. Mich aber brachten sie noch auf die Straßenbahn, und wunken mir bis zum Anschlag hinterher. Und auch wenn wir uns in 18 Tagen wiedersehen würden, so fühlte es sich für mich dennoch an, als sei´s ein Abschied für immer.

Mobbl erzählte am Abend, daß die Linda sich ein wenig bei ihr beklagt habe, weil sie so viele negativen Geschichten erzähle.

„Eure andere Oma hat noch viel schlimmere Geschichten erzählt!" sagte Mobbl. „Zum Beispiel von der Nachbarin, die ihren Mann ermordet hat!"

„Aber das ist doch etwas Anderes. Das ist was Spannendes!" sagte ich.

„Kommt wohl drauf an, *wer´s* erzählt", stellte Mobbl sich absichtlich dumm.

Daß wir heut bei der Gerlind waren, verschwieg ich Mobbln nicht.

„Hätt ich mir ja denken können!" sagte Mobbl, „die sind oft bei DER!" Wenn Mobbl „der" (die Gerlind meinend) oder „Ella" sagt, so wird der ganze Sonnenschein aus ihrer Stimme hinweggeblendet.

Dann wurde es aber doch sehr nett. Wir liebten uns und lachten viel. Zum Beispiel als Mobbl dichtete: „Steig ich morgens aus dem Bettel, liegt der Tisch stets voller Zettel!" Eine Anspielung auf den Opa, der unentwegt kleine Zettel mit Ideen und interessanten Vorhaben füllt.

Freitag, 11. Dezember

Bleich verhangen. Schnee

Den Morgen begann ich Buzesartig gleich mit der Überei: Dvorak-Konzert, vorletzte Seite - ich sehe Land! Beim Üben dachte ich an die Worte von Anne-Sophie Mutter, die ich in einem Journal gelesen hatte, und wunderte mich darüber: Als der große Geiger Henryk Szeryng sie bat, Bach zu spielen, da habe sie gedacht: „Dieser Sadist!" Dabei dürfte Bach zu spielen bei ihren Fähigkeiten doch überhaupt kein Problem sein!

Sie erzählte plastisch, wie sie als kleiner Posaunenengel von zwölf Jahren trotzdem Bach spielte, und als sie dann im Notengestrüpp stak, band sich der Maestro auf affige Weise eine Krawatte um, um seine Hochachtung zu verdeutlichen.

Dann wiederum dachte ich darüber nach, daß mein Patenkind, der kleine Johannes, dieser Tage fünf Jahre alt wird, und ob es wohl schicklich wäre, dem Geburtstagskärtchen einen 50-Markschein beizulegen, damit man ihm ein schönes Spielzeug seiner Wahl kaufe? Leider fehlt mir die Fähigkeit von Anne-Sophie Mutter, störende Gedanken während des Violinspiels einfach per Knopfdruck auszuschalten.

Nach einer Weile frühstückte ich mit Mobbln. Neben mir lag das GEO mit dem bannenden Artikel über Depressionen. Doch aus unerklärlichen Gründen komme ich mit der Lektüre nur häppchenweise voran.

Mobbl erzählte, daß die Juden sich früher zu ihrer Jugendzeit immer so hervorgetan und wichtig gemacht hätten. Das, was passiert sei, sei schrecklich und das hat niemand gewünscht, und doch sollte man ihr überhebliches Gehabe nicht unter den Teppich kehren, meinte Mobbl.

Ich zeigte Mobbl die lustige CD, die der Heiner von mir gemacht hat: Meinen Kopf über die üppigsten Brüste gespannt, die er im Internet finden konnte, und die CD heißt „Eine runde Sache mit Franze!"

„Früher war ich nämlich ein echtes Busenwunder!" sagte ich frei von wertendem Beiklang. Worte wie von einem kleinen Töchterlein.

Da rief uns die Irene an. Sie klang gehetzt und herbe, bot Mobbln jedoch an, für sie mit einzukaufen.

„Laß nur!" sagte Mobbl nett, „ich hab ja jetzt die Kiki da."

Dann trommelte Mobbl schon bald auf den Busch, ob wir vielleicht jetzt gleich zum Einkaufen fahren könnten? Mobbl hatte bereits einen Einkaufsplan geschrieben und wollte unbedingt mitkommen, denn Mobbl liebt es, shoppen zu gehen und Opas sauer verdientes Geld auszugeben.

Doch ich versuchte, Mobbl zum Bleiben zu bewegen. Pate bei dieser Überlegung war die Furcht, daß bei einem eventuellen Unfall Mobbl und ich beide tot wären, und was wird dann aus dem Opa wenn er aufwacht? Ich dachte somit sehr warm, mütterlich und vorausblickend. Also blieb Mobbl daheim. Das Auto stotterte, hustete und prustete, und Mobbl hätte schon fast voller Hilfbereitschaft angeschoben. Als ich mich schließlich über die Kalgassenrutschbahn wacker auf die Landstraße katapultiert hatte, drohte der Motor erneut, zum Stillstand zu kommen.

Eins ist ein wenig dumm: Ich weiß gar nicht, wie man in Mings Auto die Heizung einstellt, und so muß man leider immer im Kalten fahren.

Ich kaufte so unfaßbar viel ein, da Mobbln beim Einkaufsplanschreiben immer noch etwas einfällt, und kehrte schließliche mit guten Dingen beladen wie ein Weihnachtsfräulein wieder heim, um bald darauf ins Gasthaus zu laufen, um Mobblns vorbestellte Schollen abzuholen. Der Gastwirt, Herr Turner, sagt auch ziemlich oft „Biddö?", nämlich nach jedem Satz, so daß sich zur ohnehin peinlichen Sprachbarriere auch noch die Peinlichkeit, nicht verstanden worden zu sein, hinzugesellt.

„Was machen die Töchter?" frug ich auf Art vom Opa, um die Wortkargheit in der leeren Schankstube ein wenig zu überbrücken, und hätte mich gleichzeitig ohrfeigen mögen, da diese Frage so entsetzlich banal, geradezu hohl klingt.

Die panierte Scholle mundete uns köstlich.

Mobbl war heut ein ganz süßer Quirl, und hat sogar Kirschmarmelade eingekocht.

Nachdem ich eine Weile lang im Schnee gejoggt war, wandelte ich noch elf Minuten lang auf Art eines gutmütigen aber einsamen Poeten Richtung Spazierweg Nummero drei, vorbei an rodelnden und johlenden Kindern.

Als ich wieder heimkam, suchte der Opa im Garten an einem verschwundenen Tannenbäumchen herum.

„Erinnerst du dich dran, daß da ö Tannenbäumle stand?" frug er mehrfach, da er meine Antwort schon wieder vergessen hatte. „Oder glaubst du, der Iwan hat ihn gefällt, um ihn der Gerlind zu bringen?" Vergebens suchte ich in Opas Gesicht nach Spuren leichter Belustigung darüber, daß er im Sinne Mobblns spricht. Vergebens!

Ich eilte die Stiegen hinauf und übte oben im Ashram auf meiner Violine.

Ein Segen, daß ich Bachs C-Dur auswendig kann, denn so brauchte ich das Licht nicht einzuschalten, und konnte zu den Klängen den Zauber der Dämmerstund gleich mitgenießen.

Nach einger Zeit holte mich der Opa mit seinem imposanten Vollbart zur Jause ab. Der Doktor sei dagewesen und habe ihm eine Spritze verabreicht.

„Wohin?"

„In den Arsch!" sagte der Opa.

„Hä?? Und da hast du keinen Arschzuschlag verlangt?" scherzte ich im Stile vom Opa selber.

Zur Kaffeestund hatte Mobbl, leicht unpassend - oder vielleicht auch besonders passend? - für die Jahreszeit ein Eis aufgetischt: Haselnuß und Vanille-Cashew der Firma Cremissimo.

Dummerweise rief genau zur Lindenstraße die Frau Moser an. Eine Dame die sich erboten hatte, Opas Gedichte druckbereit zu formatieren und eventuelle Flüchtigkeitsfehler zu korrigieren. Am Mittwoch soll ich eine Unterschrift in Wiener Neustadt leisten. Die Frau hörte sich freudlos und niederösterreichisch-verdrossen an, so daß ich mich nach dem Telefonat seelisch leicht in die Tiefe gesogen fühlte. Sie hatte im Supermarkt einen

Aushang mit ihrem Angebot hingehängt, und der Opa hatte sich davon angesprochen gefühlt.

Zum Abendessen telefonierte der Opa dann ganz lange und ausgiebig - mindestens 45 Minuten lang - mit der Frau Moser.

„Ich glaube, die Erika kommt nicht so gerne her", sinnierte Mobbl auf eine ganz versonnene und weithergeholte Weise, „die geht lieber zur Ella!"

Dann gab´s auch noch einen leichten Zwist zwischen den Eheleuten, d.h., der Opa bezwistelte die eher resigniert-verdrossene Mobbl. Es fing damit an, daß Mobbl hohnvoll „wissend" auf den Busch pochte, was Opas neuestes Opus wohl wieder kosten soll? „Hunderttausend Schilling???" Der Opa war traurig, daß sie nie ein lobendes Wort darüber anbringt, wenn von ihm mal etwas veröffentlicht wird.

Später führte uns die einst pummelige, mit den Jahren jedoch wieder schlank gewordene Mobbl einen Tanz in ihren Strapsen vor, und wäre dabei, vom Übermut getragen, beinahe, wie in der eiskalten Geschichte von Wilhelm Busch povornüber (selten zu lesendes Wort) in die Wanne gefallen.

„Huch!" rief sie aus, lachte sich kringelig, und konnte sich nochmals retten. Um die Ecke hörte man, wie der Opa mit Rehlein telefonierte, und soeben sagte: „Meinen Präsentkorb zum Neunzigsten möchte ich schon noch bekommen!"

Dann brachten wir Mobbl gemeinsam zu Bett, und der Opa breitete fürsorglich die warme Decke über sie aus. Wieder frug man sich, was wohl mit dem

Haus passieren solle, wenn Opa und Mobbl mal nicht mehr sind, und Mobbl sagte: „Es gibt genug Leute, die es haben wollen!" und der unausgesprochene Satz „allen voran die Gerlind!" hing wie eine dicke Esoschwade in der Luft, wurde aber von Mobbln tapfer hinabgeschluckt, obwohl man es in ihr arbeiten sah.

Samstag, 12. Dezember

Nach wie vor sahniger Schnee. Bleich.
Zur Dämmerstund zart aufgelichtet

Heute träumte mir *von einem Besuch bei Frau Kettler in Basel. Es herrschte Wochenende. Ming und ich waren einfach spontan nach Basel gereist, und klingelten an ihrer Haustür. Frau Kettler öffnete auf eine leicht an den Onkel Eberhard erinnernde Art die Tür, indem sie sich bereits im Öffnungsvorgang umdrehte und in die Küche zurück lief - solcherart, als sei es ihr gänzlich einerlei, wer da kommt, da sie anderes im Kopf habe. Sie räumte im Haus herum, kehrte den Boden in der Küche und schuftete emsig im Haushalt. Ich stand herum, fühlte mich wie ein dummes Ding, und musste dabei an Beate Lerch* denken. „Kann i ö Milch hän?" sagte ich beim Denken an die Beate aus Versehen laut. „Dös isch g'sund!"*

<small>*Uraltschülerin Buzens aus den 70er Jahren</small>

„*Ich bin gewiss keine Frau großer Gefühle!", sagte Frau Kettler fahrig.*

Im Flur lagen zwei Bluthunde von gerissenem Wesen. die mich verstohlen aus den Augenwinkeln heraus musterten. Ein Wort von Frau Kettler hätte genügt, und sie würden mich lustvoll zerfleischen. Der eine Hund entpuppte sich dann jedoch als äußerst schmuserig, wenn auch unberechenbar, und es heißt ja, sobald die Hunde merken, daß jemand Angst hat, gehen sie zum Angriff über.

Im wahren Leben hat so früh am Morgen bereits die Reinmachefee Maria herumgewütet. Ich gratulierte ihr sehr nett zum Geburtstag. Mobbl im Sorgenstuhl bekommt in Marias Aura eine etwas andere Ausstrahlung als sonst. Sie verwandelt sich in eine hefeweiche Seniorin jener Art, wie man sie zuweilen in der Eisenbahn antrifft. Eine treusorgende Ehefrau, harmlose liebe Großmutter, die genau jenes Gedankengut verwaltet, das von einem Normbürger mit blütenweißer Weste erwartet wird.

Wir setzten uns zum Frühstück nieder.

Mich berührte es peinlich, da es so sehr an jene Zeit der Sklaverei und Unterdrückung erinnert, wenn die Herrschaften frühstücken, und sich in ihrem Windschatten jemand mit dem Hausputz krümmen und abmühen muß.

Auch wenn Mobbl eigentlich *gegen* die Maria eingestellt ist, so muß man dennoch konstatieren, daß sie sie währenddessen vielleicht doch ganz gerne hat? Zumal sich Mobbl heut bereits ein Kompliment für ihr Klavierspiel eingeheimst hat. Die Maria hatte

gemeint, es sei Ming auf der CD, der da so hoch-
virtuos und über jeden Zweifel erhaben spiele.

Heute lernte ich die letzte Seite vom Dvořák-
Konzert auswendig,
Nach einer Stunde begab ich mich wieder
hinunter, hopste übermütig wie eine vergnügte
Dreijährige im Windschatten von Opa und Mobbl
herum, küsste die beiden mit Gusto, und fegte
schließlich wie ein Wirbelwind von dannen, um
meine geigerische Scheologie weiterzubetreiben,
mich fühlend, wie einst Gretchen Vollbeck aus den
Lausbubengeschichten. Ein strebsames junges
Fräulein, das seinen Eltern nur Freude bereitet hat.
Nicht alle Tage begegnet man auf der Straße einer
Dame, die das Violinkonzert von Dvořák intus hat.

Mittags lief ich erneut zum Gasthaus. Das Wetter
war angenehmer geworden. Einem bleichen Dotter
gleich zeigte sich die Sonne hinter der abgewetzten
Wolkenschicht.
Ich war gekommen, um Mobblns Bestellung abzuholen, so daß der Gastwirt, Herr Turner meinen
könnte, ich sei ein faules Luder, das sich zu fein ist,
selber mal den Kochlöffel zu schwingen.
„Mir kanns ja recht sein!“ dachte ich für ihn, da ich
ständig mit dem Kopf Anderer zu denken pflege, um
den Meinigen zu schonen, wie man annehmen
könnte. Der Duft der Mahlzeit erinnerte an unser
Bjenndang* in Taiwan.

*Ein kleines Blechdöschen mit einer köstlichen, von mütterlicher Hand liebevoll zubereiteten Mahlzeit, das man in einer Garküche aufheizen lassen kann.

Als ich die in Silberpapier eingewickelte Bestellung heimtrug, ist der süße Schäferhund, der auf halber Höhe am Hang wohnt, und immer so interessiert den Kopf aus dem Gatter streckt, um die Rodler noch besser zu sehen, so nett auf mich zugehüpft und schnupperte am Essen. Es wirkte so, als nähme er großen Anteil daran, was heut wohl bei uns serviert wird.

Es gab paniertes Hühnerschnitzel, Reis und Gemüse. Opa und Mobbl schauten sich allerdings gebannt einen Film an, so daß ich mich rasch wieder zum üben retiriert habe.

Zur Teestunde bemerkte ich erfreut, daß ich zum Opa, auch wenn er vielleicht fast taub ist und das, was er nicht versteht meist rasch vergisst, doch einen recht guten Draht habe, da mir in seiner Aura immer etwas zu Erzählen einfällt. Ich liebe es, wenn der Opa über meine Scherze schmunzelt.

Zunächst war ich jedoch ein wenig ärgerlich auf Mobbln, so wie ich es immer bin, wenn Mobbl plötzlich aus dem Sorgenstuhl emporschnellt, und wie eine Lokomotive ins Schlafzimmer stürmt, um den Opa aufzuwecken. Mobbl führt den berühmten Satz von Erich Kästner: „Eine Oma ist doch kein D-Zug" ad absurdum.

Der Opa stand jedoch ergeben auf, und scherzte müd: „Du bist die Beste aller Bestien!" Wenig später nörgelte er dann allerdings auf Mobbl ein, weil Mobbl schon wieder eine unqualifizierte Bemerkung gemacht hat, wie der Opa immer nur Unordnung schafft. Nie hört er mal etwas Positives!

Einmal tat der Opa so, als habe er einen Schlaganfall erlitten: Er pickte sich aus Mobblns vorwurfsvollen Sätzen je ein Wort heraus und repetierte es dreimal.

Ich war ein bißchen traurig, weil sich auf meinem Tagebuch ein Fettfleck gebildet hatte.

Opa und Mobbl schauten „Kevin allein in New York", da der Opa ein großer Kevinfän ist und den Streifen „Kevin allein zuhaus", den Ming ihm mal geschenkt hat, schon mindestens siebenmal angeschaut hat, wie er nun stolz erzählte.

„Ich könnt jedesmal wieder von vorne lachen!" scherzte der Opa, doch der Neuaufguß kann mit dem alten nicht Schritt halten, befand man, und stellte den Film wieder ab.

Der Opa schimpfte ein wenig auf Mobbl ein, weil Mobbl ständig so ungemütlich aufräumte, wo er doch gerade ein Gedicht vorlesen wollte. Dann tranken wir ein Glas Wein, von dem leider unklar war, ob er nicht doch schon zu Essig geronnen war, weil Mobbl ihn einfach hütchenfrei in den Kühlschrank gestellt hatte.

Dann hab ich auch noch versehentlich das Weinglas umgestoßen! Mobbl ist jedoch - ganz im

Gegensatz dazu, wie Rehlein an ihrer Stelle reagiert hätte - kein bißchen erschäumt, damit ich mich nicht traurig fühlen solle.

„Kann doch jedem mal passieren!" sagte Mobbl frisch von der Leber weg.

„Meine Mutter hätte mich jetzt umgebracht!" sagte ich.

Mobbl begann die besudelte Tischdecke mit Salz und Zitrone zu bearbeiten, und mir fiel ein Ostfriesenwitz ein:
„Was macht ein Ostfriese, der Salz auf der Tischdecke verstreut hat? Er gießt Rotwein drüber."

Ich bat die Großeltern, wenigstens ein bißchen aufzuschäumen, damit ich mich besser fühle. „Ich wünschte, ich könnte was tun!" sagte ich, „zum Beispiel auf der Stelle tot umfallen."

Dann lernten wir ein autobiografisches Gedicht vom Opa über die Müdigkeit auswendig.

Sonntag, 13. Dezember

Meist bleich.
Einmal prasselte ein Regen nieder,
obwohl es eigentlich verschneit war.
Es folgte ein Mienenspiel
in blau-grauen Tönen am Himmel.
Jagende Wolken

Obwohl doch heut mein Ausschlafungstag herrschte, lag ich im Urbett wie auf Kohlen. Ich hatte ein schlechtes Gewissen Mobbln gegenüber.

Es war stockfinster im Zimmer, da der Opa die Jalousien immer so fest zuzuziehen pflegt, daß kein bißchen Tageslicht hereindringt, denn der Opa möchte, daß seine Lieben genügend Schlaf abbekommen.

Das war schon immer so. Einen Wecker besaß niemand in der Familie, und die Kinder hatten immer Todesangst, zu spät in die Schule zu kommen, sich harsche Worte des Lehrers einzufangen, („Guten Morgen, die Dame!" (mit Unterton)) und zum Gespött der ganzen Klasse zu machen.

„Der Schlaf ist heilig!" pflegte der Opa zu sagen und zu denken.

Größtes Lampenfieber verspürte ich davor, auf die Uhr zu schauen.

„Was mach ich bloß, wenn es jetzt schon 15.06 ist?!?" bangte ich unfroh. Doch noch bewegte man sich in der Frühstückszeit.

Ich bekam ein Vorgefühl dessen, wie in ein paar Jahren selbst jenes bißchen Muskelkraft, das vonnöten wäre, sich zu erheben, vielleich in Fett umgewandelt worden ist? Ich dachte darüber nach, daß wir alle unsere Maröttchen haben. Der Opa beispielsweise kann es auf den Tod nicht ausstehen, wenn gelüftet wird, weil´s ihn so um die Wärme schmerzt, und ich wiederum kann es auf den Tod nicht ausstehen, wenn die Rolläden herabgelassen werden, weil es mich so um den Zauber der Dämmerstund schmerzt. Zieht jemand ratternd die Rolläden herab, so scheint mir dies, als solle blühendes Leben vorzeitig abgewürgt werden.

Oben reckten sich mir liebevoll zwei Arme aus dem Sorgenstuhl entgegen: Mobbl! Mobbl schaute „Das literarische Quartett" und der Reich-Ranitzky geiferte, schmatzte und sabberte vor lauter Eifer, den dümmlich Herumsitzenden seine Weisheiten regelrecht einzudreschen. Er habe die Oper immer geliebt!, sagte er mit einer ganz unnatürlich aggressiven Intensität.

Mobbl mag den Reich-Ranitzky nicht so besonders, weil er den Anderen wie ein Oberlehrer ins Wort zu fallen pflegt.

„Ist ja auch ein Jud!" sagte Mobbl, und fügte mit leicht hohnverdrehter Stimme hinzu „die sind ja auch so viel klüger als andere..."

Heute lernte ich die erste Seite vom dritten Satz der Symphonie espagnole von Eduard Lalo - einem Herrn, über den nur wenig bekannt ist. Doch dieses Werk wird auf der ganzen Welt geübt, und gilt wohl als wichtigste und unverzichtbarste Hürde eines jungen Geigers auf dem Wege zu Weltruhm.

Mobbl buk heut einen Gugelhupf für die Jausen-stund, und ich wiederum hatte gelobt zu kochen: Möhren und Reis, und sogar die Worte, mit denen ich Mobbl gleich zu fragen gedachte, wie man die Möhren wohl schmackhaft zubereitet, bettete ich mir bereits auf die Zunge.

Mobbl hatte jedoch bereits gekocht! Tief beschämt legte ich die Violine auf den Flügel.

„Und der Opa pennt!" sagte Mobbl, und das Wort „pennt" sprach sie fauchig und wüst aus. Mobbl war so bös auf den Opa und brodelte vor Wut, da er sie beim Wecken grämlich angepampt hatte, und nie mal „Danke" sagt.

In gewisser Weise kann man Mobbl schon verstehen, und so busselte ich liebevoll auf sie ein und sagte verschwörerisch: „Du mußt *jetzt* ganz viel Dampf ablassen, damit du nachher, wenn der Opa wach ist, wieder gut gestimmt bist!"

Der Opa hatte sich jedoch bereits angekleidet. Mehr noch: Er war vor die Tür gegangen, und warnte eindringlich vor der Glätte.

Joggen bin ich allerdings dennoch gewesen. Der Himmel war so schön aufgerupft. Wölkchen mit flammendem Goldrand schwebten über dem matten Graublau des Himmels. Ich rannte durch die ver-schneite Schluchtschneise hinter dem Marterl, tief in den Wald hinein.

Als ich daheim wieder zu meiner Violine griff überlegte ich, daß ich mit dem Opa einen kleinen Spaziergang unternehmen sollte, und in der Tat zogen wir los. Wir wackelten den Hang hinab und wieder herauf, und die Wolken am Himmel zogen so schnell vorüber, wie im Prinzip aus der Retrospektive das ganze Leben. Wenn man an den rodelnden Kindern vorbeiläuft, dann fällt dem Opa zuweilen ein, daß er doch auch mal so ein süßer kleiner Bub gewesen ist.

Die österreichischen Kinder sind durch die Bank wohlerzogen und von äußerst angenehmem Wesen, und gehen freundlich und humorig auf Opas Späße ein.

„Hier muß man Maud zahlen!" sagte der Opa und wedelte mit dem Zeigefinger nach Art eines rasenden Taktells, und die Kinder lachten erheitert über diesen Spaß vom alten Rübezahl.

Dann lachte der Opa mit, und die Stimmung war perfekt.

Daheim feierten wir den dritten Advent. Allerdings nur mit zwei Kerzen, da die beiden anderen ganz bröckelig geworden sind.

Mobbl sprach davon, daß es richtig sei, den Kindern Märchen vorzulesen.

„Mich hat es früher immer gefreut, wenn sich die böse Hexe in ihren brennenden Schuhen zu Tode tanzen mußte!" sagte Mobbl, und ich setzte dem entgegen, daß man dabei verrohen könnte.

„Bin ich verroht?" frug Mobbl.

„Ja", sagte ich, wenn auch frei von wertendem Beiklang, und bin von dieser Feststellung auch nicht mehr abgewichen, weil ich ja selber auch schon verroht bin, wie ich Mobbl freimütig erzählte.

Abends schauten wir die Lindenstraße, und der Opa ist ein wenig moribund geworden, indem er dauernd meinte, dies sei ein anderer Sender.

Der Mutti vom griechischen Gastwirt ging es so, wie es Mobbl gehen würde, wenn Ming im Januar die Gerlind heiratet.

„Entsetzlich!" sagte ich. „Hoffentlich bleibt dir dies erspart!"

Dann rief Rehlein an.

Rehlein hat heut Gutsles gebacken.

Die Schüler vermissen Rehlein schrecklich, weil es bei Rehleins Nachfolgerin ganz doof sei, und die Eltern merken es auch. Eine Mutti erzählte Rehlein gar, daß ihre Tochter neuerdings so säuerlich intoniert.

Montag 14. Dezember

Tauwetter. Schneesuppe.
Dunkelgrau bis grau bewölkt.
Ein beständiges Geniesel in den Lüften

Traum:
Ich saß in der Eisenbahn und sollte in Wien Meidling aussteigen, um sodann zu einer Tagesfahrt nach Ostfriesland

aufzubrechen. In den letzten fünf Minuten kaufte ich dem Bimmelbimbo etwas ab, und konnte es nicht fassen: Mehr als 400 Mark verlangte er. Es waren die koreanischen Buntstifte, die so teuer waren, doch der Mann aus dem Busch meinte, die könne er nicht zurücknehmen. Dies sei gesetzlich ganz und gar unmöglich.

Wir rollten soeben im Bahnhof ein. Die große Uhr zeigte 8.42 und um 8.41 sollte es doch am anderen Ende des Bahnhofs Richtung Ostfriesland weitergehen! Fieberhaft packte ich zusammen, während der Mohr auf die Bezahlung beharrte. Er stopfte die Buntstifte in meinen klaffenden Koffer, so daß mehrere Kleidungsstücke davon besudelt wurden, und hielt anklagend die Hand auf. Das Licht entwich seinem Gesicht, über dem sich nun Ärger und Finsternis ausbreitete, während ich hastig Utas Stiefeletten zusammensuchte, von denen einer gar unter den Sitz gerutscht war. Auch meine Strumpfhose, die ich in diesem überhitzten Abteil abgelegt hatte, galt's zusammen zu suchen, und dabei riss ich ein großes Loch hinein. Als ich schließlich, dick bepackt, durch Treppen und Unterführungen hastete, wusste ich gar nicht, ob dies noch lohne. Und da erst bemerkte ich, daß ich die Geige im Zug vergessen hatte! Und während ich es noch nicht fassen konnte, erwachte ich in einen graugrünlich feuchten Tag hinein.

Der Opa war sehr gut gestimmt und hörte sich mit einem selbstverzückten Schmunzeln sein Gedicht über die Müdigkeit an, das Mobbl und ich gestern auswendig gelernt hatten.

Als ich die Brötchen vom Gatter abzupfte, musste ich über die Katze nachdenken, der ich soeben mit einem einseitigen Morgengruß begegnet war. Sie geht mir auf jene Weise auf die Nerven, wie Mobbln selber einst die Uroma: Überflüssig und ständig im Wege stehend. Und so nahm ich mir vor, in der Katze künftig die Uroma zu sehen.

Zum Frühstück schauten Mobbl und ich uns eine alte Schnulze aus dem Jahre 1952 an: Mit und um einen einjährigen Buben herum, der mich so an den jungen Buz erinnert hat, und der von seiner Mutti in einem Eisenbahnabteil einem älteren Herrn, der gut zu seinem Hund war, überlassen wurde, weil sie keinen Ausweg mehr sah. Doch wenig später kam ihr blonder Freund, in welchem das kundige Auge bereits den unbequemen typisch deutschen Ehemann von morgen zu erkennen vermochte, und stellte sich einen Schuh auf den Kopf: „Ein Symbol!" rief er aus, „ich begebe mich unter den Pantoffel!" Nun war sie von jetzt auf gleich finanziell abgesichert, aber der Bub war weg.
„Der Ella war ich nie gut genug", sinnierte Mobbl.

Beim Üben - noch immer stak ich im dritten Satz der Symphonie Espagnole - bekam ich gute Laune, weil ich gemerkt habe, daß sich die Konzerte so erlernen, wie die Sprache. Und die Sprache wiederum entwickelt sich wie ein Polaroid-Foto, das immer schärfer wird.

Im Fernsehen lief eine Abtreibungsgegnerdoku aus Amerika: Eine ältere Amerikanerin mit wattigen

Röllchen auf dem Koppe und einem ganz einfachen Ausdruck im Gesicht stand mit einem Schild herum, wo drauf zu lesen stand: „Thou should not kill!"

Mobbl selber ist eine sehr moderne Frau, und überhaupt ist ja unsere ganze Familie und alle „sich vernümfdich"-Bedünkenden, etwas linkslastig orientiert. Bloß ich tanz ein wenig aus der Reihe, und wenn eine fromme Frau aus der Lebensschützerecke ihre Meinung kundtat, dann sagte ich bloß: „Siehst du!?! Meine Worte!"

Ich habe immer große Angst, ein eventueller Beethoven könne der „Vernumpfd" zum Opfer fallen und abgetrieben werden.

Ab und zu bog ich mich über die Lehne vom Sorgenstuhl, um Mobbl auf die Stirn zu küssen. Und die Wärme der leicht pergamenternen Stirn einer Dame, nach der die Jahre züngeln, die spüre ich noch heut.

Leider hat Mobbl immer so ein Getue drauf, als müsse dringend eingekauft werden, während der Kühlschrank doch so quasi am Überquellen ist.

Bei Verfehlungen schiebt Mobbl alle Schuld auf die Reinmachefee Maria aus Rumänien.

Mobbl: "Ich hatte acht Weingläser!"

Beim Kaffeeaufbrühen trülte der Kaffee leicht, weil der Filterhalter einen Riss hatte. Mobbl: „Die geht mit meinen *Sachen* um!"

Das Rührei mundete dem Opa.

Um 14.55 bin ich zum Joggen aufgebrochen. Bei uns herrscht zur Zeit Tauwetter. Man hoppelt durch eine Schneesuppe, und nach kürzester Zeit hat man nasse Strümpfe.

Am Abend war ich mit dem Opa Milchholen. Wie fast immer sprachen wir über Aspekte des Moribundentums, und der Opa hört natürlich immer gerne Geschichten über die Oma Ella von der Gegenpartei, und ich höre meinen Erzählungen durch seine großen welken Babuschenohren auch gerne zu.

Mit Herrn Breitsching, dem rotwangigen und fröhlichen Bauersmann, liefert sich der Opa jedes Mal eine humorige kleine Wortschlacht.

„Jetzt können Sie uns die Milch nimmer verwässern!" rief er in den kleinen heimelig beleuchteten und warmen Kuhstall hinein.

Kaum waren wir wieder daheim, da rief erneut die Moser an, und heut kamen wir uns über die Schriftstellerei etwas näher. Der süße Opa freut sich doch schon so auf sein Gedichtbändchen, das zu Weihnachten fertig sein soll, damit er es reihum verschicken kann. In Opas Fantasie verkrümeln sich die Bescherten mit dem Gedichtband aufs Sofa, schwelgen in seinen Worten, lesen vor, oder sind nicht mehr ansprechbar, bis das Büchlein ausgelesen ist. Er freut sich so sehr, daß er der Frau Moser freiwillig etwas mehr zahlen möchte als veranschlagt. „Awa – wir haben so viel!" sagte der Opa.

Zum Abendessen wollte ich ein Gedicht vom Opa und eines von der Moser vorlesen, damit Mobbl sagen solle, welches ihr besser gefalle. Zuerst mischte ich den Ordner vom Opa und das kleine Gedichtbändchen von der Moser. Dann sind aber beide von der Moser gewesen, und ich fand sie so kompliziert, daß man sie kaum verstehen konnte - aber darin liegt wahrscheinlich die Hochgeistigkeit?

Dienstag, 15. Dezember

Der Schnee ist fast gänzlich hinfortgeschmolzen.
Abends plötzlich ein leuchtender Stich.
Zur Dämmerstund ein wunderschöner Himmel

Die Nackenhaare dem wohl unvermeidlichen Weckerschrill entgegensträubend, lag ich morgens noch eine Weile lang wach in der Finsternis. Geträumt hatte ich, *daß ich mit Rehlein in einem Notenladen herumkramte, wo es eine ganz neue, hoch-attraktive Serie an Noten zu bestaunen gab: „Große Interpreten geben Meisterwerke heraus". Anne-Sophie Mutter hatte zusammen mit ihrer Lehrerin Aida Stucki Prokofieffs zweites Violinkonzert editiert und mit kunstvoll ausge-tüftelten Fingersätzen und Bogenstrichen versehen, so daß dem aufstrebenden Geiger diese Mühe schon mal abgenommen war. Ein rundum gelungenes, sehr hübsches Foto der Damen zierte das Titelblatt, und überhaupt war das ganze Heft angereichert mit Fotos und Interviews.*

Als wir genug herumgestöbert hatten, verabredeten wir, daß wir uns trennen und am Abend am Hauptbahnhof wiedertreffen. Rehlein wollte einer Theaterprobe beiwohnen, und ich wiederum hatte dummerweise meine Teilnahme an einem simplen Ankreuztest (?) zugesagt, zu welchem Zwecke ich bald darauf ein trostloses graues Gebäude betreten musste. Wenn man aus dem Fenster schaute, blickte man auf die Redaktion vom „Heimatblatt" in Aurich, wo die Veronika derzeit ein Volontariat absolvierte. Beim Test stellte ich mich so beschämend blöde an, daß es mir hier beim niederschreiben noch peinlich ist, *aber ich konnte meinen Kopf einfach nicht zusammenhalten.*

Nachdem ich mich erhoben hatte, fühlte ich mich wie in Opas Müdigkeitsgedicht. Ich wunderte mich ein wenig, denn als ich in Mings Ashram hinauflief um zu üben, war es bereits 7.50, und ich konnte mir kaum erklären, wie man als junger Mensch zwanzig Minuten zum Ankleiden braucht.

Zu uns ist heut kurz nach acht bereits der Eilbote gekommen, um das Einschreiben von der Frau Moser - Opas „Zyklus der Jahreszeiten" - zu überbringen.
Ich rief gleich an, um mich zu bedanken.
Leider hat Frau Moser - obwohl Schriftstellerin von Beruf - eine Art sich auszudrücken, daß ich ihr nicht folgen kann; mehr noch: richtet sie das Wort an mich, so habe ich das Gefühl, daß mein Gesicht nach und nach von einem außerordentlich törichten Gesichtsausdruck überzogen wird. Aus ihre Worten ließ sich lediglich zusammenreimen, daß der Opa drum gebeten habe, die Korrekturfahnen vor dem endgültigen Druck nochmals zu Gesicht zu bekommen.

Der Opa war schon wach und hinzu ganz süß, aber auch etwas durmelig - grad so, wie auch ich. Bettbehagen und Schlafenssüße bröckelten nur zögerlich von ihm ab. Er wolle sich gleich wieder hinlegen - und da lag er nun, und wir wussten nicht, was zu tun (wie im Gedicht vom Friedel).

Mobbl brannte darauf, in Walpersbach ihre Großeinkäufe zu tätigen. Zunächst aber fuhren wir auf die Hauptpost, um Briefmarken zu kaufen, da Opa und Mobbl vorhaben, die Tage vor Weihnachten dazu zu nutzen, ganz viele Briefe zu schreiben und herumzuschicken.

Die Frau am Postschalter war ein wenig genervt von uns: Sie hatte verstanden, daß wir siebzig Marken wünschten, und dann waren´s doch bloß 25. Und schließlich sogar nur 15!

„Fast alle meine Freunde sind bereits verstorben!" tat Mobbl mit einem süßen Lächeln kund, „ich werde demnächst neunzig!" so daß ihr die spröde Beamtin nicht mehr gram sein konnte.

Mobbl wollte, daß wir 5000 Schillinge abheben. „5000 Mark!" sagte ich aus Versehen zu der Abhebedame. Dieser Fehler passierte mir, weil ich grad von einer Nervositätswoge erfasst worden war: Mich hatte die unschöne Vorstellung bewatscht, mein Auto wäre viel zu dicht an das neben ihm stehende angeschmiegt, so daß der Besitzer gar nicht einsteigen kann. *Er flucht herum, und es gibt keine Entschuldigung mehr für diese Debilität oder Eselei.*

Eilends verließen wir diesen Ort und fuhren zum ADEG, einem kleinen Supermarkt auf dem Lande, an dem Mobbl einen Narren gefressen hat, da sie die Verkäufer dort so nett findet.

Mobbl, unsere große Shoppoholikerin, hatte sich in ihr schickes, graues Mäntelchen gezwängt.

Zuerst schaute ich mit einer gewissen Spannung drauf, ob sich mein Verdacht wohl bewahrheitet, daß Mobbl immer so viel unnützes Zeug kauft? Tatsächlich: Bei so ziemlich allem, was es so gibt, erwägt Mobbl, ob man dies wohl kaufen solle? Für etwa 600 Schilling kaufte Mobbl allerlei ein. Zu Weihnachten wünschte sie sich ein Katzenkörble, und der Opa hatte bereits grünes Licht gegeben.

Mittags gab´s bei und Rotkohl (köstlich!), und den restlichen Reis mit Möhrenrädchen. Den ganzen Tag lang möchte man etwas tun und bewegen, und im Grunde ist es immer das gleiche: Ich übe mein Dienstagsprogramm, gehe joggen, und weiß eigentlich gar nicht, auf was ich eigentlich warte.

Das Wetter wandte sich zum Guten. Ich bin davon ein bißchen wehmütig geworden, und ein trauriger Gedanke wurde mir in den Kopf gespült: Ich glaub kaum, daß wir den Opa heut in einem Jahr noch haben, weil er schon so alt und schwach ist.

Zur Dämmerstunde übe ich möglichst auswendig am Fenster und schaue sehnsuchtsvoll, an der Poesie der Vergänglichkeit nippend, in den schwindenden Tag hinaus.

Dann aber gilt´s fröhlich zu werden und sich auf die Fünf-Uhr-Jause zu freuen.

Der Doktor sei da gewesen, und habe Opa und Mobbl je eine Spritze verabreicht. Was da drin war, weiß niemand, aber die geheimnisvolle Tinktur soll einen älteren Menschen erfrischen, meinte Mobbl auf unbekümmerte Weise. Tatsächlich zeigten sich die Großeltern plötzlich in jugendlichem Gewande, auch wenn es sich höchst wahrscheinlich um ein Placebo gehandelt hat, oder aber der Doktor auf einen Voodoo-Zauber hereingefallen ist.

Ich grub alte Erinnerungen aus, an die ich selber schon gar nicht mehr geglaubt hatte: Zum Beispiel an den Schriftsteller Plischnik aus Wiener Neustadt, der einmal in Begleitung einer wesentlich älteren Frau mit Badehaubenfrisur, mit der er sich auf gut Glück liiert hatte, zu Besuch kam, um dem Opa seine Geschichte vom „jungen Mann in Jeans" vorzustellen, die er rein um des schriftstellern Willens niedergeschrieben hatte.

Fast hätte ich damals leicht geistesabewesend zu der Frau gesagt: „Oh bitte legen Sie doch die Badehaube ab!"

Dann schwenkten wir die Rede auf Ingeborg Bachmann, die vor 22 Jahren bei einem Cigarettenbrand tragisch ums Leben kam. Ich salzte die traurige Geschichte sogar ein bißchen nach, indem ich den unerträglich tragischen Aspekt einwarf, daß sich die Dichterin ganz fest vorgenommen hatte, ab Morgen mit der Raucherei ein für alle mal Schluß zu machen, und sogar noch dreimal hin- und her überlegt hatte: „Soll ich diese eine hier überhaupt noch smooken?"

Dann sprach ich über die Uroma, und wie wir sie nach ihrem Tode glorifiziert haben. „Jegliche Leuchtkraft ist unserem Leben entfleucht!" soll auf der Parte gestanden sein, glaubte oder hoffte ich mich zu erinnern.

Das Abendessen fand vor dem Bildschirm statt. Mobbl und ich wollten den Opa dazu bewegen, endlich mal zu baden. „Die Moser habe, so Mobbl, heut am Telefon gesagt: „Bitte richten Sie ihrem Herrn Gemahl aus, daß er mal baden soll! Er müffelt durch den Hörer hindurch!"

„Im Ernst?" frug der Opa so süß, aber dann mußte auch er darüber lachen, und auf Mobblns hübschem Gesicht breitete sich das bezaubernde Lachen aus, das sie ihrer Enkelin, dem Jennylein in Übersee, vererbt hat, und das somit wohl noch eine Weile lang auf Erden verbleibt. Ich schmiegte mich ganz oft an die Großeltern, und Mobbln sagte ich gar, daß es bei ihr viel gemütlicher sei, als bei der Ella, da ich dort nicht dichten und nur wenig üben darf.

Dann rief ich mein Patenkind, den kleinen Johannes zum Geburtstag an. Ich befrug ihn kindgerecht, was er wohl alles geschenkt bekommen habe, und dies interessierte mich tatsächlich brennend. Ich hatte einfach drauf los gefragt, ohne mich vorzustellen, und frug nun scheinheilig: „Und ist deine Patentante Franziska auch zu Besuch gekommen?"

„Nö!"

„Hat sie wenigstens angerufen oder gar ein Brieflein geschrieben? Ein Päckchen geschickt, wie sich dies für eine Patentante doch wohl gehört?"

„Nö!"

Abends sind die Großeltern oft ein wenig zu müd, um ins Bett zu gehen.

Ich erzählte, daß Beethoven im Grunde ein ganz einfacher Mensch war: Er schrieb Tonleitern und Dreiklänge, und doch klingt alles genial - nämlich nach Beethoven, so daß anzunehmen ist, daß er ein Auserwählter war. Auserwählt, das Gesamtwerk von Beethoven niederzuschreiben. Seinen Notengebilden ist göttlicher Atem eingehaucht, der sich wissenschaftlich nicht erklären lässt. Beethoven habe aus jenem Grunde so viel in den Noten herumradiert, weil er, seiner Schwerhörigkeit geschuldet, die Einflüsterungen des HERRN rein akkustisch nicht verstanden hat. „Jetzt ein Dominantnonakkord!"

„Hää?"

Mittwoch, 16. Dezember

Unauffällig lieblich

Beim Frühstück dachten wir an den verstorbenen Onkel Hagi, der heut seinen 58. Geburtstag gefeiert hätt, und somit auch nicht mehr der Jüngste wäre. Dann sprachen wir darüber, daß die Kinder alle so weit weg wären.

„Nur die Antje ist in der Fremde nie heimisch geworden!" sagte ich mit einer gewissen Zärtlichkeit, da die Antje mit einem riesengroßen Abstand meine Lieblingstante ist. (Bea und Uta, meine leiblichen Tanten, taugen als Tanten wenig, erzählte ich Mobbl. Sie wohnen tausende Kilometer entfernt, und haben mir noch nie ein Päckchen zum Geburtstag geschickt, was für eine gute Tante doch wohl eine Selbstverständlichkeit sein sollte?)

Nach einem Jahr in Kanada kehrte die Tante Antje zu ihren Lieben nach Bonn zurück.

„Die hat Angst gehabt, die Mäme* könne noch mehr Schulden machen!" sagte Mobbl wissend.

*Antjes Mutti: Eine große Künstlerin (Anna Leutz-Hübbe 1908 – 1994)

Ich legte Mings Goldbergvariationen ein, doch selbst die göttlichen Klänge haben Mobblns empörende Geschichten nicht bremsen können. Mobbl erzählte, wie die Mäme die Zwillinge einfach zur Frau Niebel brachte - einer simplen Nachbarin, die ständig aus dem Fenster schaute, so daß anzunehmen war, daß sie viel Zeit hatte - und nach dem schlichten Ausruf: „Die Frau Rothfuß holt sie später ab!" die Biege machte, um sich wieder ihren Künsten zu widmen.

Mittags half ich Mobbln beim kochen. Mobbl bruddelte und grollte unentwegt über den Opa: Daß er nur schläft, faul ist, eine saublöde Erziehung genossen habe, - da ihn seine Mutti immer nur verwöhnt, und von hinten bis vorne bedient hat - nie etwas weggeräumt und auch nie badet.

Ich war sehr gutmütig gestimmt; so wie Buz zuweilen.

Mobbl tauschte die verschimmelten gegen die frisch gekauften Waren aus, und ich entsorgte alles auf dem Kompost. Und dann ließ ich auch noch die Kracherli für die Suppe anbrennen.

Interessiert befrug ich Mobbl weiterhin nach den Erziehungsgewohnheiten von der Esslinger Oma aus, die mich in den Erzählungen so an Rehlein erinnert, und Mobbl schilderte, wie die Oma ihren Sohn Opa so behandelt habe, als sei´s ein Heiliger. Daß sie ihrem Kurtle jemals eine zischende Ohrfeige hinabgehauen habe, sei absolut undenkbar.

Als der Opa dann endlich - kurz vor zwei - wachgetrommelt war, hatte ich schon Angst, er könne sich heut auf die B-Seite hingekantet haben, weil er so sauertöpfisch die Rede drauf lenkte, wie furchtbar es sei, daß den ganzen Tag der Fernseher liefe. Mobbl tendiert etwas ehefrauenhaft dazu, Salz in die Wunden zu streuen, und sagte kampfeslüstern: „Heut hat unser Hagerle Geburtstag. Hast du gar nicht daran gedacht?"

Man spürte es sehr, daß Opa und Mobbl noch aus jener Zeit stammen, wo es die größte Schmach war, „der BÖSE" zu sein. Mit welcher Intensität man versucht, die fälschlicherweise an einem klebende Untat von sich zu weisen, um sie einem Anderen in die Schuhe zu schieben! Ich fand nämlich einen Brief, den Mobbl ihrer fernen Verwandten Nanni vor einem halben Jahr ganz pünktlich zum Geburtstag geschrieben hat. Der Opa hatte gelobt, ihn auf die Post zu bringen, ihn dort professionell mit einer passenden Briefmarke bekleben zu lassen, und - es vergessen!

Der Opa hat sich aber nicht entschuldigen mögen, und wunk nur grämlich ab.

„Opa, hat dir deine Mutti jemals eine zischende Orkanwatsch verabreicht?" interessierte ich mich.

„Hää?"

In regelmäßigen Abständen gibt Mobbl Sätze der folgenden Art von sich: „Die Mireille scheint beleidigt mit mir zu sein? Ich weiß nicht, was ich ihr getan haben soll!" stellt Mobbl sich als „die GUTE" dar.

Es ist aber in Wirklichkeit nur so, daß die Mireille ihre Briefe unter Pseudonym schickt. Sie nennt sich „Dr. Renate Hirnzwiller". Mobbl aber interpretiert es dahingehend, daß die Mireille davon ausgeht, daß all die Briefe, die sie Ming schickt, von Mobbln erstmal unter heißem Wasserdampf geöffnet und heimlich gelesen werden.

Nach dem Essen arbeitete ich eine geschlagene halbe Stunde lang in der Küche, und stellte mir dazu vor, ein junges Mädchen zu sein, das als Haushalts-kraft vermittelt worden ist.

Die Küche wurde dank meiner Bemühungen richtig hübsch, so daß mich die Arbeit im Nachhinein sehr befriedigte, als ich gegen halb drei in unaufdringlich lieblicher Wetterlage zu meiner nächsten Schicht aufbrach: Der Joggerei.

Wenn ich mich dem Anwesen vom Poppi nähere, wo eine ganze Horde Arbeiter mit irgendetwas beschäftigt ist, so beginnt für mich ein Spießrutenlauf: Ein vereinzeltes vorbeihoppelndes Fräulein mit schwingenden Milchbunkern. Für die Herren ein Schauspiel!

Man hörte einen Herrn auf jene ganz besonders hässliche Art, die es wohl nur in Niederösterreich gibt, aufnörgeln, und außerdem musste man sich durch Morast hindurchquälen, so daß meine Turnschuhe davon auf unschöne Weise besudelt wurden.

Ich freue mich immer so sehr auf die Jausenstunde mit Opa und Mobbln, wo ich allerdings viel zu viel nasche. Heut nämlich mehrere belgische Meeresungeheuerpralinen, die Mobbl - in Kaufrausch geraten - gekauft hatte.

Abends schrieb ich einen langen Brief an Ute & Walter Binz. Ich geriet in Glut, und schilderte mein Leben bei den Senioren.

Heut um achte wollte mich meine Freundin Anna, eine Politikerin, zu einem gemütlichen Weiberratschabend abholen, wie sie sich auszudrücken beliebte. Ich saß oben in Mings Kuscheleck am Fenster, und schaute auf die trübe Straßenlaterne drauf. Aus Angst, Annas Hupen zu überhören, konnte ich mich gar nicht mehr gescheit auf irgendetwas anderes konzentrieren.

Schließlich kam sie mit einer zirka 23 minütigen Verspätung, und man sah den Opa mit seinen dünnen Beinchen so rührend auf das Gatter zulaufen.

Nun entführte mich die Anna in ihre Villa, dem „Haus Frieden".

Zunächst fingerte sie mir am hauseigenen Klavier etwas ungelenk „Stille Nacht - heilige Nacht!" vor, da sie neuerdings Klavierstunden bei einer Dame nimmt. Doch leider entpuppte sich das Klavier als höchst verstimmt. Dann zeigte sie mir das ganze schöne, helle und freundliche Haus: Im Zimmer ihres Ältesten steht ein beleuchtbarer Globus, auf daß sich der Jüngling besser in die Scheografie einarbeite, und außerdem führte eine Treppe zu einem Gästezimmer **in** seinem Zimmer, worin gleich zwei frisch bezogene Betten auf Besuch zu warten schienen. (Ein Staat im Staat).

Die Anna frug: „Trinken wir einen Wein?"

„Gerne!" sprach meine Tante Uta aus mir, und meine Stimme hatte einen freudigen Klang angenommen.

Ich führte somit eine gepflegte Plauderei mit einer reifen Frau. Die Anna ist sehr glücklich, erfuhr ich. Bloß heut war halt ein blöder Tag, denn die Kinder waren so schlimm. Die Anna hätte ihre Söhne gern zu Pazifisten erzogen, doch alle drei sind Waffennarren geworden.

Zu später Stund kehrte Annas gutmütiger neuer Ehemann Franz aus dem Wirtshaus (?) zurück. Die beiden sind sehr verliebt, sie küssen sich und halten einander fingerumschließend an den Händen. So retirierte ich mich bald, weil ich einfühlsam gedacht habe, jetzt sei womöglich Zweisamkeit angesagt. Ich rief den Opa an, und bat ihn, mich abzuholen - und der Opa kam auch alsbald....

Donnerstag, 17. Dezember

Vormittags weiß-bewölkt, dann zart-lieblich.
Kein Schnee mehr

Ich träumte, daß *Herr Berke sich hoch verschuldet hatte, und dennoch, oder gerad deswegen? ein glanzvolles Fest gab, um dies´ Elend einen ganzen Abend lang auszublenden und einfach nur glücklich zu sein. Hierzu hatte er seinen ganzen Bekanntenkreis geladen. Zunächst standen alle nur mit einem Gläschen Champagner herum. Dann aber hieß es: „Ab in die Küche! Selbstbedienung. Der Stör!"*

Lutscherartig auf Spieße gespießt gab´s Sushi. Als ich nach einem Spieß greifen wollte, sagte eine Dame auf typisch deutsche Weise: „Den hab ich *mir gerade ausgesucht!" Sie sagte es auf eine Weise, als wolle man einem diebischen Kind maßregelnd auf die Finger hauen.*

Hie und da hörte man, wie jemand durch die Sprechanlage sein Kommen ankündigte. Zum Beispiel die Reimers, und einmal gar der Arno, den ich durch Rehleins Augen interessiert, aber auch ein wenig kritisch beäugte, da Rehlein ihn heimlich als Schwiegersohn ins Visier genommen hat. Rehlein wußte jedoch nicht, daß er durch´s Staatsexamen gefallen war und jetzt als Liftboy in einem mäßigen Hotel am Wegesrand arbeitete.

Ich hatte mich in der Jugendmusikschule in Singen beworben. Dort schaute es ein wenig aus wie in Grebenstein, aber auch ein wenig wie in Calw, und die Musikschule befand sich in einem so schönen Holzgebäude. Dort begegnete mir Herr Deblon, der Bibliothekar der Musikhochschule Trossingen. Halb scherzend meinte ich, daß ich ihn eigentlich im Urlaub gewähnt hätte. „Ich habe sie schon mit „Alpenglühen" assoziiert!" fuhr ich auf kecke Weise fort. Eigentlich hatte ich mir auf diesen Satz hin Gelächter erhofft, doch Herr Deblon hatte auf demütigende Weise überhaupt nicht hingehört.

Wenig später erfuhr ich, daß für Herrn Reimer derzeit ein Amtsenthebungsverfahren vorbereitet wird.

Dann schrillte der Wecker.

Oben saß Mobbl als süßer Nackedei auf dem Bidet, und ich fand, Mobblchen sah mit ihrem verschämten Lächeln so unglaublich süß aus.

Im Fernsehen gings heut darum, daß die Amerikaner den Irak angreifen. Die Kamera schwenkte auf Bill Clinton und seine vom vielen Schwindeln etwas länger gewordene Nase. Der Präsident, krampfhaft um einen gemessenen Ernst bemüht, schwafelte etwas wichtig Politisches, um auf geschickte Weise von seiner M-Oral-Affäre abzulenken.

Der Opa saß auch kurz am Frühstückstisch und sah mit seinen flammenden Haarresten entzückend aus wie ein Orang-Utan. Wie neuerdings zur Gewohnheit geworden, sprach er hauptsächlich darüber, wie er sich gleich wieder hinlegen wolle.

Mobbl hatte ihn aufgeweckt, weil sie gedacht haben will, daß er vielleicht drauf brennt, die Neuigkeiten aus dem Irak zu erfahren, und der Opa hatte doch schon vollkommen vergessen, um was es dort überhaupt geht!

Auch die Moser hatte bereits angerufen, da sie sehr drum bestrebt ist, alles richtig zu machen, und Opas lose dahingeworfene Worte, daß er all seinen Kindern, aber auch alten Freunden und Weggenossen, das Gedichtbändchen zu Weihnachten verehren möchte, sehr ernst nimmt.

Jetzt erzählte ich ihr allerdings, wie alt der Opa schon sei: Raum und Zeit enthoben! Drum ist es nicht soo schlimm, wenn das Büchlein nicht genau an Weihnachten unter dem Christbaum liegt.

„Und ich hetz mich so ab!" sagte Frau Moser zwar nett aber freudlos. Worte, über die ich später beim Üben sehr nachdenken mußte. Frau Moser hatte aber auch noch etwas mehr erzählt: Daß ihre 84-jährige Mutti nach Herzinfarkten und Schlaganfällen nunmehr seit zwanzig Jahren ein Pflegefall sei. Sie lebe seit einiger Zeit in einem Heim in Pitten.

Als der Opa zwischen seinen Einschlafversuchen mal kurz auf´s Häusl schlich, erzählte ihm die Mobbl aus dem Ohrensessel heraus, daß es bei einem Luftangriff im Irak sechs Tote gegeben habe.

„Das hat keinen Zweck. Sechshundert-TAU-SEND!" sagte der Opa auf moribunde Weise beim weiterschlurfen.

Es ist ganz warm geworden. Der Schnee ist hinweggeschmolzen, so daß man im Pullover vors Haus treten kann.

Ich lief nach Lanzenkirchen, um Frau Moser ihr Geld zu überweisen, weil der Opa gesagt hat, sie wäre arm. Sie übe einen brotlosen Beruf aus, schreibe ernste und freudlose Gedichte, da sie ein ernster und freudloser Mensch ist, und die will in unserer oberflächlichen und schnellebigen Zeit leider niemand lesen.

In der Bank wurde ich sehr gut von Gernot Groß bedient, zu dem ich nach Art eines Patienten, der sein Leben in warme, so jedoch unbekannte Hände legt, sofort Vertrauen fasste. Als er mich sehr höflich nach dem Losungswort befrug, stotterte ich aufgeregt: „Trig...Trigenzialpapender! - beinah hätt´ ich´s vergessen!" fügte ich nett hintan, und dann bin ich noch im Billa eingekehrt, wo ich Süßigkeiten für den Opa und „Die ganze Woche" für Mobbln kaufte.

Zur Mittagsstund brodelte Mobbl vor Zorn auf den Herrn Gemahl. Die Eckbank war total von seinen Ordnern, Briefen, Notizen und Zeitungsausschnitten zugemüllt, und gebadet hatte er immer noch nicht.

Ich erzählte von dem rotwangigen, nicht mehr ganz jungen Nymphensittich „Frido" in Grebenstein, der genau zeigt, wann er baden möchte. Er hebt einen Flügel sachte an, steckt seinen Kopf drunter und schüttelt ihn mit einer angegrausten Miene und wackeligem Kopf wieder hervor.

„Ich brauche dringend ein Bad, denn ich beginne zu müffeln!" liest der Vogelkundler in Fridos Gesicht, und wenn die Helga ihn dann im Waschbecken gebadet hat, und hernach in einen zartgewärmten Waschlappen einwickelt, so sieht der süße kleine Vogel plötzlich so froh aus!

Diese vergnügliche Geschichte erzählte ich, um Mobbl aus dem tiefen Morast an wütendem, fauchigen und ungelöschtem Groll wieder hervorzugabeln. Kurzerhand räumte ich die Eckbank auf, und auch die verschollen geglaubte, liebevoll gestaltete Geburtsanzeige, die der Hinnerk vom kleinen Marius geschickt hatte, kam wieder zum Vorschein.

„Der Mai ist gekommen!" stand da so nett und humorig zu lesen, da man ja mit Nachnamen „Mai" heißt.

Der Opa schien sehr gut gelaunt. Wir scherzten darüber, daß er heut wenigstens schon *fast* gebadet habe, und wie ich es bereits vorausgeahnt hatte, lichtete sich Mobbls Laune analog zum Ordnungspegel auf der Eckbank.

Joggen war ich um 15.24. Ich rannte, oder besser gesagt „hurtelte ohne Sinn und Verstand" auf der Pferdekoppel herum, und obwohl es so schön war (seidenmattes, etwas dunkel getöntes Wetter), war ich hernach froh, diese saure Arbeit hinter mir zu haben.

Beim Üben musste ich darüber nachdenken, daß die meisten großen Interpreten wahrscheinlich von einem gewaltigen Bildungshunger getrieben werden, und *ein* Buch nach dem anderen verschlingen.

Die Reize von außen (Fernseher) - bis auf die Lindenstraße - befriedigen mich leider nicht sehr. Manchmal erzähle ich Opa und Mobbln Geschichten, die mich im Inneren berühren.

Beispielsweise die Geschichte, wie wir neulich einen Brief nach Kairo geschickt haben. Und tatsächlich: Die Oma Ägypten (Lindas Oma) - eine feinkultürliche Dame vom alten Schlage - antwortete noch am gleichen Tag.

Ferner erzählte ich von Opas Nichte Ute Binz, die einen ganz ungewöhnlichen Beruf ausübt: Kleine selbstgebastelte Schmuckstücke - gern auch maßgeschneidert nach den Wünschen der Kundschaft - anzufertigen und zu verkaufen. Vor Rührung über die ferne Großkusine traten mit bald die Tränen in die Augen.

Mobbl will mir immer weißmachen, daß sich der Opa kein bißchen für Musik interessiert, doch ich wusste dem entgegenzusetzen, daß der Opa zwar nie große Worte drumgemacht hat, doch wenn Mobbl am Klavier ein Werk in A-Dur spielte, öffnete er die Tür, um sich noch ein bißchen besser in die göttlichen Klänge zu schmiegen, da er dann besser arbeiten konnte. Und als der Opa jung war, da dachte und sagte er sogar, daß die Stücke in A-Dur wohl am schönsten seien.

Mit Rehlein sprach ich auch. Meine CD sei immer noch nicht geliefert worden, so daß man fast schon an einen Postraub denken möchte. Rehlein war ein wenig mißvergnügt wegen Mings Steueraffäre: Bloß weil er in Osterreich lebt, knöpft ihm das Finanzamt all das sauer Verdiente auf boshafte Weise wieder ab.

Unten hatte Mobbl richtig schön und liebevoll den Abendbrottisch gedeckt. Ganz so wie in früheren Zeiten. Es gab Spiegeleier und einen wunderbaren Salat.

Wegen der Bombardierung Bagdads waren Opa und Mobbl äußerst erpicht darauf, die Nachrichten zu sehen. Der Opa vergisst immer rasch, daß er die doch schon gesehen hat, und wartet sehnsüchtig auf die nächsten Nachrichten. Den ganzen Tag ist das Bildschirmgeplärre zu hören, doch ich knüppelte einen Fernsehkoller, der in mir aufzusteigen drohte, gekonnt nieder. Solange das Gelärme anhält, sind die Großeltern noch da!

In der Eckbank sitzend wurde ich plötzlich sehr müde und ergötzte mich an einer kleinen Variante von Opas Müdigkeitspoem, das wir der Frau Moser schicken könnten:

Und was die Moser radotiert,
wirkt wie verschleiert und verschliert.

In eine spannende Saito*geschichte umgewandelt, schilderte ich Opa und Mobbln das Telefonat mit der Moser:

*Unsere private Seifenoper über eine Familie in Japan, von der wir lediglich das Türschild kennenlernen durften. Doch die unbekannte

Familie heizte unsere Fantasie an. Vor dem Schlafengehen erzählte ich Ming Saito-Geschichten, und ließ mich beim erzählen von meinen eigenen Worten überraschen. Fortan, und bis zum heutigen Tag bestimmen die Saitos unser Leben.

Frau Moser habe sich gewundert, warum beim Opa immer alles so lange dauert, und als sie hören mußte, daß der Opa schon 102 Jahre alt ist, fiel sie aus allen Wolken, und bangte um ihre Bezahlung, die sie doch so gut brauchen könnte.

„„Nein, liebe Frau Moser!" habe ich herzlich gesagt, „sie müssen um nichts bangen. Das Geld, und sogar noch ein bißchen mehr als vereinbart, ist bereits überwiesen!"""

Freitag, 18. Dezember

Milder Sonnenschein, so jedoch etwas kälter

Im Traum hatte Buz eine Sitzung für den Musikalischen Sommer anberaumt. Ich saß an einem großen Tisch, zwischen Herrn Heike (schweigsam) und Veronika (auch).

Um neun Uhr sollte eine Probe beginnen, und der große Zeiger der Uhr an der Wand kraxelte unbarmherzig voran. Leider war ich etwas zwanghaft veranlagt, und versuchte bereits jetzt ganz genau zu planen, wie die Probe denn nun vonstatten gehen solle. Dann lief ich überpünktlich los, auch wenn es mir sehr unangenehm war, die Sitzung zu verlassen. Ich lief am Kanal entlang, und plötzlich schritt Buz ungeachtet seiner Rolle als Gastgeber neben mir her, da ihm siedendheiß eingefallen war, daß er in dieser Probe ja als Primarius fungieren sollte.

In einem lautlos vorbeigleitenden Schiff glaubte Buz eine alte Flamme aus der Studienzeit zu erblicken.

Zum Frühstückrichten hörte ich mit halbem Ohre Radio, und die Stimme von Andrea Seebohm finde ich so ekelhaft, wie auch die ganze Frau drum herum, die ich ja mal auf dem 40. Geburtstag von Frau Leonskaja kennengelernt habe. Irgendwie haftet dieser hellen und schneidenden Stimme so ein süßlicher Mundgeruch an, der bei mir einen leichten Brechreiz auslöst.

Zum Frühstück zeigte ich mich allerdings erst, nachdem die Nachrichten vorbei waren, weil ich nicht schon wieder Geschichten von der Bombardierung Bagdads hören wollte.

Kaum war der Wetterbericht verklungen, da setzte ich mich zu den Großeltern.

Ich schlug vor, an Heilig Abend auf die „Hohe Wand" zu fahren.

„Ist man erst oben gewesen, so hat man ein unvergessliches Erlebnis für´s Tagebuch gehortet."

„Ja, oh bitte, bitte, lieber Opa!" machte Mobbl Männchen.

Dann übte ich auf meiner Violine.

Hernach erbot ich mich, mit Mobbln nach Walpersbach zu fahren, um das Katzenkörble abzuholen. Doch Mobbl mußte erst „Schön und doof" zuende schauen, und so übte ich vorerst weiter.

So, wie ich früher immer eine halbe Stunde an die andere heftete, so heftete ich heut eine ganze Stunde an die andere. Einmal kam Mobbl ins Ashram herauf, um zu berichten, daß die Irene schon wieder ein Kürbissüppchen vorbeigebracht hat.

Mobbl setzte sich auf Mings Bett, um wieder jene Litanei auszubreiten, daß der Opa nur noch schlafe! Es mache sie so mürbe. Das ganze Haus scheint mit Müßigangsmolekülen imprägniert. Sie habe sich den Lebensabend weiß Gott ein bißchen anders vorgestellt.

Dann kam allerdings überraschend der Doktor Bogath zu Besuch. Mobbl war froh, da sie es dem Opa jetzt „geben" konnte: Daß er nun nämlich geweckt werden MUSS!

Ich erinnerte mich an Mings Worte, daß der Doktor neulich ganz komisch gewesen sei. Als Ming ihn höflich frug, wie es ihm ginge, wurde er ein wenig pampig. Statt einer Antwort knurrte er übellaunig: „Fragen Sie das jetzt nur so, oder interessiert Sie das wirklich?" Und nun war auch mir, diese Allerweltsfrage enthüpft, und zwar just in dem Moment, als ich mir vorgenommen hatte, diese Frage zu umschiffen. „Wie geht es Ihnen, lieber Herr Doktor!" machten sich meine Lippen quer an meinem guten Vorsatz vorbei selbständig.

„Die Zuneigung meiner Kinder ist wenigstens echt. Bei den Patienten weiß man ja nie!", sagte der philosophierungsfreudige Doktor, nicht ganz zur Frage passend. Einmal wurde er ziemlich lang von seinem Händi festgezwackt, und hinterher bekannte er freimütig, daß ihm solche Endlostelefonate am Freitag Nachmittag auf die Nerven gehen würden. Moment mal! War es nicht er selber, der so viel geredet hatte, während der Patient am anderen Ende der Leitung ständig Knappheiten dieser Art von sich gab: „Ja..gut..also...vielen Dank" ? Doch Mobbl und ich schwiegen zu dieser Ungereimtheit. Mobbl bekam eine Erfrischungsspritze in den Po gejagt und sagte so süß: „Aber nicht hinschauen!"

„Muß man jetzt gleich mit einem Schmerzensschrei rechnen?" frug ich, so daß der Doktor wohl gemerkt hat, daß ich vom Opa die Neigung geerbt habe, dem Leben mit kleinen Scherzen beizukommen.

Beim Mittagessen zeigte sich der Opa hochmoribund und mochte Mobblns Süppchen gar nicht essen, weil der Müdigkeit eben alles schal schmecke. Bloß eine Semmel hat der Opa wollen, und ich beschmierte sie ihm mit Butter. „Aber dick beschmieren!" sagte Mobbl, und der Opa wurde davon grämlich, da es ein wunder Punkt von ihm ist, daß man immer meint, er äße meist Kekse und Schokolade und schmiere sich viel zu viel Butter aufs Brot. Diesmal aber ergriff ich Mobblns Partei, weil's doch nur deswegen war, weil Mobbl Angst hat, der Opa könne verhungern.

„Ich kann machö was i will: I bleib ein böses Eheweib!" fauchte Mobbl bös.

Mobbl hat schon mit sieben Jahren ihren Vater verloren, aber heute hat sie sich plötzlich daran erinnert, wie sie mal mit ihrem Papa in der Stuttgarter Stiftskirche war. Auf dem Heimweg durfte sie auf seinen Schultern reiten.

„Halt dich gut an den Ohren fest. Denn wenn Du hinabfällst gibt´s Ärger mit Mama!" rief der Papa hinauf, und die kleine Mobbl hielt sich so fest an den Ohren, daß selbige rot anliefen.

Leider ist der Opa mit den Jahren schwerhörig geworden, und so erzählte ich ihm in Anlehnung an die taube Rosl, daß er wundersamerweise jedes Wort verstehen würde, wenn Rübezahl zu ihm spräche. Dauernd frägt der Opa, was mit Bagdad oder der Moser sei. Mobbl verstand ihn jedoch miss, und meinte, er meine den Bogath.

„Der Bogath interessiert mi net!" sagte der Opa unschön über seinen Leibarzt.

Zur nachmittäglichen Stunde brach ich zum joggen auf. Auch wenn das Wetter sehr schön anzusehen war, so ist es draußen doch wieder etwas frischer geworden.

Bis zur Jause übte ich wie jeden Tag ohne Licht. Ich genieße den Zauber der Dämmerstund unendlich, und es will mir einfach nicht in den Kopf hinein, daß man die alles verschlingende Dunkelheit nicht aufhalten kann.

Unten sagte der Opa soeben: „Ha? Sind jetzt nicht irgendwann mal Nachrichtö??" Einmal schäumte er fast wüst gegen die Amerikaner auf.

Mobbl steht jedoch unverbrüchlich auf Seiten der Amerikaner, so daß die Irakkrise leider einen Keil zwischen die Eheleute getrieben hat. Plötzlich verkirnte sich der Opa bös an einer Walnuss im Eis, während Mobbl mitleidlos im Sorgenstuhle saß - sich lediglich in ihrem Fernsehgenuss molestiert fühlend. Doch der Opa sprang dem Tod nochmals von der Schippe.

Ich holte meine Briefschreibemappe herbei, und schrieb in der Aura der Großeltern und zum Geplärr des Televisors einen Brief an Veronikas Mutti - einer 74-jährigen Dame, die leider in einer Schräglage gefangen ist: Zwischen drohendem Witwentum und einem Pflegekraftdasein für ihren Mann, der mit den Jahren leider alt geworden ist. Ähnelnd der Dunkelheit, die den abgelebten Tag wieder einkassiert, um ihn unwiederbringlich hinfortzutragen, ist das Alter nicht aufzuhalten. Etwas, das Frau H. nun erbarmungslos zu spüren bekam. Nun steckt er, den sie einst glühend geliebt hat, in einem Alter, in dem so manch andere Ehefrau Überlegungen jener Art anzustellen beginnt, ob es nicht besser wäre, wenn ihm der immer brüchiger werdende Lebensfaden gelegentlich mal endgültig abgezupft würde, auf daß man selber noch ein paar schöne Jahre auf Erden verbringen könne?

Abends rief Rehlein an. Aber nicht um die Frohbotschaft zu verkünden, daß meine CDs jetzt endlich geliefert wurden, sondern um zu beklagen, daß sie *nicht* angekommen seien, weil womöglich irgend ein Arsch von der Post geschlampt hat? Nein! So wüst hat Rehlein sich natürlich nicht ausgedrückt.

Dann kam ein Anruf aus Wien. Mobbl war ganz aufgeregt vor Freude, und rief mich herbei. Der gebürtige Ostfriese und nach Wien ausgewanderte

Klavierstudent Henning G. war's. Er will mich am Sonntag besuchen kommen!

„Die Kiki bekommt Herrenbesuch!" zwitscherte Mobbl den ganzen Abend über immer wieder verschmitzt, und auch der Opa spitzte interessiert die Ohren.

Der Opa interessiert sich so brennend für den Bombenhagel im Irak, daß er sogar mal heraufkam, um Radio zu hören. Mobbl schaute derweil unten „den Namen der Rose".

Samstag, 19. Dezember

Neblig, geheimnisvoll, bleich.
Alles voll mit glitzerndem Raureif

Heute hätte ich gedacht, die Maria käme zum putzen. Sie kam aber nicht, und dabei hatte ich extra Opas Sparbuch in Sicherheit gebracht.

„Mit dem Sparbuch könnt die nichts anfangö!" sagte Mobbl, „sie kennt ja das Geheimwort nicht: „Trigenzialpapender"!"

„Grüß Gott, Maria!" tat ich so, als sei sie nun doch gekommen und hätte das Geheimwort sogar eigen-ohrig mit angehört. Doch es handelte sich nur um ein Späßlein, zwischen alt und uralt.

„Sie wollte heut Geschenke kaufen, und am Nachmittag fährt sie nach Rumänien!" wusste Mobbl im Sorgenstuhl zu berichten.

„*Die* muß ja Geld haben: Einkaufen und dann auch noch auf Reisen gehen!" fügte sie leicht hohndurchwoben hinzu.

„Aber wenn sie gekommen wäre, so hätte sie ein Weihnachtsgeschenk erwartet!" ahnte Mobbl aus dem Sorgenstuhl heraus, und wie dieses erwartete Weihnachtsgeschenk aussehen sollte, konnte Mobbl sich bereits lebhaft vorstellen, und rieb Daumen und Mittelfinger rasend schnell und wissend aneinander: Cash!

Der Opa saß am Frühstückstisch und war, dank der Erfrischungsspritze, ganz so wie früher.

Das Shoppoholikertum in Mobbln züngelte bereits. Sie saß nurmehr auf einer Pobacke, weil es sie so zum ADEG gedrängt hat.

„Ich hab´s, Mobbl:", sagte ich. „Ich schenke Dir zu Weihnachten den Führerschein!"

Wie ein raffiniertes Kleinkind versuchte ich die saure Tätigkeit von mir abzuwälzen.

„Sollte der Opa nicht mal wieder fahren?"

„Bis der ferdig isch, haben die scho g´schlossö!" brummte Mobbl.

Durch diese wachrüttelnden Worte erklärte ich mich dann aber doch bereit, und der Opa half so engagiert dabei, die Eiskrusten vom Auto herabzuschaben, wie einst in jungen Jahren. Zuerst ging der Motor ganz lange nicht an, und der Opa schrie immer: „Gaaas - Gaaaaas!"

Schließlich fuhren Mobbl und ich durch die völlig verraureifte Landschaft.

Heut hat Mobbl endlich ihr Katzenkörble in Empfang nehmen dürfen.

Im ADEG geriet Mobbl wieder in ungebremsten Kaufschwung, da sie sich von der Fülle an Tiefkühlangeboten hatte verzücken lassen. Zum Beispiel Fisch mit Brokkoli.

„Unsere Tiefkühltruhe daheim ist doch schon am überquellen!" rief ich aus, und so legte Mobbl die Packung wieder zurück.

Am Nachmittag schrieb ich der Moser einen Brief.

Seit einiger Zeit erzählen wir uns ständig Moser-Geschichten, und meine feinsinnigen Psychologate über die trübsinnige Frau haben die Färbung von meinem FBI-Profiler-Buch angenommen, das derzeit auf meinem Nachttischlein liegt.

Die Moser kann keine Kritik vertragen, und so nahm ich mir vor, ganz, ganz nett zu schreiben. Mir waren sogar bereits Ideen gekommen: Zum Beispiel wollte ich den Passus: „...weil ich mit meinen bald 50 Jahren ja nun auch kein junges Reh mehr bin!" einfließen lassen. Knödelnd und hüpfend vor Begeisterung trug ich Mobbln diesen verbindenden Passus vor. Ich hatte mich etwas älter gemacht, damit sich die Moser mit ihren 57 Jahren nicht so schrecklich alt fühlen muss.

Bei uns sah es leider ein wenig unordentlich aus, weil ich auslose- bzw. natürlich *nicht*auslosebedingt in der Küche noch keinen Finger gekrümmt hatte. Aber dafür waren wir alle drei bester Stimmung.

Ich schnitt Opas Putenschnitzel in kleine Häppchen, und erinnerte mich plötzlich, wie die sensible Akiko, unser Kinderfräulein in Taiwan, mal geweint hat, weil unsere Vermieterin, eine bitterböse Festlandchinesin, zu ihr gesagt hat: „Was sollen wir euch denn noch alles helfen??? Demnächst muß ich dir wohl noch beim Poputzen helfen, oder wie?" („Za Pi gu" (Powischen) heißt dies auf chinesisch, so daß der Leser hört, wie demütigend solche Worte tönen)

„Aber in China ist es ganz normal, daß man so miteinander umgeht", erläuterte ich den Großeltern. Es ist nicht wirklich bös gemeint - nur ein wenig derb. Jedoch: Nichts für ein sensibles taiwanesisches Ohr.

Dann erzählte ich dem Opa, wie Herr Saito mal Selbstmord verüben wollte. Aus Pappe hatte er sich zwei Nasenstöpsel ausgeschnitten, mit denen er somit seine Nasenlöcher abgedichtet hat, und hinzu nahm er sich fest vor, den Mund geschlossen zu halten.

Zu dieser interessanten Geschichte schaute Mobbl einen Film mit Peter Alexander an: Peter Alexander steppte auf dem Marktplatz herum, und pfefferte den Hit „Valentina!" in die Ohren der Umherstehenden. Ich fände es so toll, wenn sich das ganze Leben in Mjusikl-Form abspielen würde, und die Leute ständig plötzlich zu singen begännen.

Dann brachte ich die Rede drauf, daß wir doch Opas verwitwete Schwägerin Irma über die Weihnachtstage einladen könnten.

„Wir könnten der Irma doch auch ein Körble kaufen!" scherzte der Opa.

Mobbl war froh, daß die Maria nicht gekommen war.

„Wenn die Maria wüsste, wie wüst du immer über sie redest!" sagte ich, wenn auch gutmütig im Tonfall, während ich Mobbl auch noch abbusselte, anstatt sie mit strafenden Blicken zu bedenken.

„Üüüüch red doch nich wüst über die Maria!" sagte Mobbl, die sich bei mir wundersamerweise nie empört, weil ich es bin, „aber weißt du: die Leute aus dem Balkan wollen nur Geld, Geld, Geld!"

Mit diesem frischen Wissen behaftet, stürmte ich in den Wald, um zu joggen.

Draußen sah´s unglaublich aus: Alles auf glitzrige Weise mit Raureif überzogen. Sogar die Bändle, die an der Pferdekoppel hingen, hatten sich in Weihnachtsbaumschmuck verwandelt. Diesmal begegnete ich dem Artus mit seinem Herrchen, dem Besitzer der „Tanzbar Erika", der in einer schicken Villa am Fuße des Kalgassenbuckels lebt. Der Artus beschnupperte mich mit seiner süßen langen Nase, um sich über meinem Charakter kund zu tun, und dann sprang er mich umarmend an.

Zur Jause um fünf lief heute wundersamerweise kein Televisor. Mobbl hatte auf leicht übertriebene Weise vier Sachertortenstücke geordert, die sie selber abgeholt hatte, während ich noch im Walde unterwegs war.

Ich sprach davon, daß ich mit der Frau Moser eine Korrespondenz eröffnen möchte.

„Sie inspiriert mich!" erläuterte ich Mobbln, „grad *wegen* ihrem Trübsinn, der sich durch den Telefonduschkopf im ganzen Flur zu verbreiten pflegt, so daß ihn die Maria wieder einsaugen muss."

Zum Jausengenuß erzählte ich den Senioren die Geschichte vom Herrn Hahmann, der sich an seinem Glück nicht so recht zu erfreuen vermag, da er von Eifersucht geplagt wird. Am ärgsten ist ihm der Gedanke, seine Frau und ihr eventueller Liebhaber könnten sich hinter seinem Rücken über ihn lustig machen. Manchmal malt er sich im Geheimen die Dialoge aus, die sie wohl so führen: *Der Lover nennt Herrn Hahmann schlicht und respektfrei: „Dein Dukatenesel" und die Nina legt ihm den in die Höhe gereckten Zeigefinger an die Lippen und sagt: „Psssssscht! Ich mag es nicht, wenn du ihn so nennst!" Und zu diesem Wortwechsel liegen die beiden* in Herrn Hahmanns quälender Fantasie *gänzlich entblößt unter der Bettdecke.*

Dann kam die Rede auf die Nebensitzer im Flugzeug, mit denen man sich doch sehr nahe kommt, weil das Unterbewusstsein denkt: „Das ist gewiss der letzte Mensch, mit dem ich in diesem irdischen Leben zu tun habe?!" Und so schüttet man einander sein Herz aus und erzählt sich Dinge, die nicht einmal der Ehepartner weiß. Meistens bereitet man ihm jedoch ein Mischmasch aus seinem Anekdötchenrepertorium zu. Mobbl könne sich beispielsweise mit Worten wie diesen hervortun:

„Ich bin in zweiter Ehe mit einem Griechen verheiratet!"

„Und dabei ist es bloß ein Arschgriecher!" scherzte
der Opa und lachte so entzückend jenes Lachen, das
er dem leicht erheiterbaren Onkel Andi weitervererbt
hat, so daß es nach Opas Exitus noch eine Weile auf
Erden verbleiben wird.

Über die Gerlind sprachen wir auch.

Zuweilen nutzt Mobbl Rehlein als Steigbügel-
halterin, um zu berichten, wie unmöglich die Dame
Gerlind sei: - solcherart, wie andere vielleicht auf ein
Buch verweisen, das ihre Worte ernstzunehmender
erscheinen lassen soll - daß Ming nämlich wegen der
Gerlind nie einen Wettbewerb gewonnen hat.

Nach Art einer guten Anwältin lenkte ich die Rede
darauf, daß die Gerlind auch sehr gute Seiten habe,
die nicht zu verschmähen seien. Einmal habe sie so
rührend gesagt: „Ich habe leider Glubschaugen und
bin keine Schönheit!" dann wiederum: „Leider
scheine ich den Egoismus von meinem Vater geerbt
zu haben!" Diese beiden, in ihrer Schlichtheit
berührenden Sätze, so ich, hätten die Gerlind
meinem Herzen dauerhaft näher gebracht.

Mobbl erzählte noch eine andere Geschichte und
schloss mit den Worten: „...ich glaube, der Opa ist
bös auf mich!"

„Ach Mobbi!" sagte der Opa gutmütig, „das bildest
du dir nur ein. Millionen Frauen auf dieser Welt
denken, daß ich eine Wut auf sie habe!"

Zum Abendessen lief eine alberne Spielshow nach
dem Vorbild von „Dalli-Dalli" mit Peter Rupp.

Der Opa frug dauernd nach Nachrichten, und ich erzählte vom schwerdepressiven Pfarrer Wirtz: Wenn er eine Hochzeit moderieren soll, fühlt er sich morgens so elend, daß er sich gar nicht erheben mag. Nur ein Begräbnis empfindet er als Linderung seiner Seelenqual; besonders wenn der zu Begrabende ermordet worden ist, und er in der Predigt die Todesstrafe fordern darf.

In N3 lief ein Film mit Heinz Rühmann: Briefträger Müller. Doch mir mangelte es an Sitzleder. „Mobbl, ich bewundere Dein güldenes Sitzleder!" sagte ich und retirierte mich, um noch etwas Geige zu üben.

Sonntag, 20. Dezember

Blass, herbe. Abends zart verschneit

Traum:

In einer Nische stand ein Telefonhäusl, worin ich nach Feierabend mit Buzen zu telefonieren pflegte.

Durch den Hörer machte Buz mir klar, daß es gar nicht so einfach wäre, Konzerte für mich zu organisieren, da mein Violinspiel auf die wichtigen Bosse des „Classic-Business" wenig Eindruck gemacht habe.

Und dann imitierte er kränkend (durchs Telefon! Eine Traumes-unlogik ohnegleichen!) *wie ich das vierte Brandenburgische Konzert von Bach mit winzigen Strichen ganz mau und immer langsamer werdend interpretiert haben soll. Ich wurde ganz traurig.*

„Denk mal darüber nach, tschüss!" sagte Buz ganz kurz angebunden und legte wieder auf.

Mit diesen Worten im Ohre lief ich heim.

Der Weg war äußerst weit und führte durch Stellen, die an Nikko in Japan erinnerten: Überall Tempel in geheimnisvollstem Nebel. (Die Stadt Nikko ist die einzige Stadt der Welt, der ein regentrübes Wetter gut steht, wie man weiß) *Dann wiederum sah es aus wie in der Holländischen Straße in Kassel, und dort wohnte ich direkt über einem Kiosk, wo ich mir noch ein Eis kaufen wollte. Ich entschied mich für das köstliche rechtwinkelige Haselnußeis am Stil, das es eigentlich nur in Österreich gibt. Die Verkäuferin hat das Eis in eine Schneemannsdose hineingestopft, und noch eine Tüte mit Zuckerln hinzugegeben, dieweil es sich um ein Sonderangebot handelte.*

„Ein wirkliches Geschenk!" sagte ich erfreut, und reichte ihr einen zwanzig Mark Schein über den Tresen; doch leider konnte sie mir nicht herausgeben. Stattdessen versuchte sie mir drei kleine Plastikbörsen aufzuschwatzen.

„Zusammen ergäbe dies genau zwanzig Mark!" so hieß es, „und die kleinen Börsen eignen sich auch hervorragend zum Verschenken."

Dann kam der Henning zu Besuch.

Obwohl er noch gar nicht so alt war, hatte er schon ganz viele Goldkronen in der Lächelzone, und ich wiederum hatte vergessen aufzuräumen. Ich wollte ihm von dem eben gekauften Eis anbieten und stellte fest, daß mir die Verkäuferin etwas falsches eingepackt hatte: Nämlich einen tiefgekühlten Stör, den man erst hätte mühsam zubereiten müssen.

Der Henning fühlte sich bei mir so zuhause, daß er einfach einem kindischen Hobby nachging, das er aus Kindertagen beibehalten hatte: Telefonstreich spielen. Und während er noch die Nummer seiner alten Mutter wählte, klingelte der Wecker.

Ich frühstückte mit Mobbln und erzählte auf plastische Weise, daß Geiger nur selten kompatibel sind. Man merkt es daran, daß man am liebsten die Straßenseite wechseln würde, wenn einem jemand mit dem Geigenkasten entgegenkommt. Da aber der andere Geiger genau das selbe Empfinden hat, wechselt auch er die Straßenseite, oder aber, man läuft eben doch auf der anderen Straßenseite seufzend aufeinander zu.

Trifft man sich auf dem Bahnhof, so macht man ein krampfhaftes Getue drum vorzugaukeln, man hätte einander gar nicht gesehen.

Dann erzählte ich Mobbln vom Yossi, und daß er sogar gewisse Ähnlichkeiten mit ihr habe: Zum Beispiel die Neigung, seine Feindschaften zu pflegen. Seine Feinde sind rund um die Uhr in seinen Gedanken präsent.

Mobbl erzählte, wie sie uns früher immer so schöne Kleidungsstücke genäht habe.

Mobbl: „Saht ihr süüüß aus darin!"

Doch die Oma Ella habe nie mal etwas Nettes über die schönen Kleidungsstücke gesagt. Da liebte ich Mobbl unglaublich, und bebusselte sie mit allem Gefühl.

„Tausend Dank für die schönen Kleidungsstücke!" sagte ich gerührt.

Zu Mittag kochte Mobbl köstlich. Es gab Serviettenknödel und Blaukraut. Nur das tägliche

Theater, daß der Opa immer so sauertöpfisch und unschön geweckt wird, griff mir ans Herz.

Der Opa ist aber zum Glück gut gelaunt erwacht und sagte: „Franze, schreib in dein Diaröööhrium: „Die Spritzen sollen dem Opa das Leben verlängern. Aber sie verlängern nur seinen Schlaf.““

„Du bist ein Toter, der lebt!" sagte ich, und der Opa freute sich über diesen Spruch von Joseph Roth.

Dann fabulierte ich im Saitostil auf die Großeltern ein: Wie die Maria mal Opas Gebiss geklaut hat, weil sie es ihrem alten Großvater in Rumänien zum Geburtstag schenken wollte.

Ich erfuhr, daß Opas Vater Geometer von Beruf war, und zu den Dorfhonoratioren zählte. Er war immer adrett gekleidet, wurde auf der Straße höflich gegrüßt und grüßte freundlich zurück, wobei er nach alter Sitte den Hut lüftete.

Während ich geräuschvoll das Geschirr spülte, schlug ich Opa und Mobbln vor, zur Eheberatung zu gehen. Dort wird ihnen nahegelegt, eine ganze Woche lang die Rolle zu tauschen. Etwas, was bei der Eheberatung gern mal vorgeschlagen wird, damit man mal sieht, was der Andere wohl so durchmacht. Man solle nicht nur die Rollen tauschen, sondern auch mit dem Kopf des Anderen denken.

Schließlich aber zentrierte sich alles in uns auf den erwarteten Nachmittagsgast Henning. Ich fuhr auf den Bahnhof, wo der Zug um 14.43 auf Gleis vier einfahren sollte, und war schon so gespannt, ob er den Henning auch wirklich an Land spülen würde. Aber nein! Nachdem der Menschenstrom versiegt war, entdeckte ich ihn nirgends.

Bekümmert fuhr ich wieder heim.

Daheim stak ich nun in der misslichen Situation, ans Telefon gekettet zu sein - wie eine heimliche Geliebte, sprich, die Hilde!

Mobbl meinte, er käme vielleicht eine Stunde später, und so nutzte ich die geschenkte Zeit zum joggen, zumal es draußen so angenehm herb und zauberisch war.

In einer Felsschlucht begegnete ich Herrn Binder mit seinem Esel. Die beiden strebten zum Christkindlmarkt nach Lanzenkirchen, wo dem malerischen Esel eine kleine Rolle als Schauspieler angeboten worden war.

„Er muß einen Esel spielen!" scherzte ich.

In der Ferne rief der Opa schon leicht aufgeregt nach mir, weil der Unbekannte, auf den Opa und Mobbl doch schon so neugierig waren, angerufen habe.

Ich fuhr nach Klein Wolkersorf und kam eine Spur zu spät, so daß man bereits von der Ferne sehen konnte, wie der junge entwurzelte Ostfriese wie bestellt und nicht abgeholt auf dem Bahnsteig stand und sich suchend umtat. Es war sehr nett, und im Auto frug der Henning, der erst im Oktober nach Wien eingewandert war, und die österreichischen Gepflogenheiten somit erstmal etwas besser kennenlernen muss, ob es angebracht wäre, Mobbl zur Begrüßung ein Küßchen zu geben.

„Meine Oma liebt nichts mehr auf der Welt, als von einem jungen Herrn geküsst zu werden", wusste ich.

Ich hatte etwas Mühe, in unser Grundstück hineinzufahren, wo der Opa bereits auf Art eines neugierigen Orang Utans herumgewackelt ist.

„Du fährst mißerabel!" schmähte er mich, als ich an Land stieg, aber ich glaube, zum Henning hat er einen recht guten Draht gehabt, weil man ihn oftmals fröhlich auflachen sah.

Mobbl freute sich sehr über das Küßchen, und gelobte, auf fünf Uhr die Jausentafel zu decken.

Somit nutzten wir jungen Leute den Tagesrest, um den Hügel mit der kleinen malerischen Kapelle zu stürmen, der den Zauber Ofenbachs verkörpert, wie kein zweites Wahrzeichen. Die zartgelb angestrichene Kapelle mit ihrer dunkelroten Zipfelmütze ist in einen kleinen Friedhof eingebettet, und ich zeigte dem Henning die Gräber derer, die ich gekannt habe. Jenes vom Jeitler Johann - einem Herrn, der sich ein Leben lang um Rehleins Kusine Irene bemüht hat, die sich in jungen Jahren nur lustig über ihn machte. Doch nachdem ihr jugendlicher Schmelz bis auf einen letzten kleinen Rest hinweggetrocknet war, erhörte sie ihn, in jähe Torschlußpanik geraten, denn doch noch.

Aber das Glück sollte nicht von Dauer bleiben. Nur wenige Jahre nach der Eheschließung und der anschließenden Feier im Gasthaus Mühlendorfer, verstarb der Hans mit eben mal sechzig Jahren!

Ferner zeigte ich dem jungen Ostfriesen das Grab von Frau Rasinger - einer Bäuerin, die mit 60 Jahren bereits Uroma war, und jenes vom Ilslein*, das jetzt neben einem Herrn ruht, der ihr einst die Hölle heißgemacht hat, da sie einmal fremdgegangen war.

Auf dem Heimweg dämmerte es bereits sehr stark. Wir liefen über die weichen Feldplateaus, um von dort fast wagemutig den äußerst steilen, laubbedeckten Hang zur Straße hinabzukraxeln.

*Irenes Mutti, Opas schwäbische Kusine mit ihren leuchtend roten Apfelwänglein. Eine Dame, die ich als Kind sehr geliebt habe.

Mobbl hatte die Tafel für unseren Gast mit ihrem allerschönsten Geschirr gedeckt, und die Großeltern waren beide ganz entzückend, da sie im Henning einen potenziellen Schwiegerenkel sahen. Aus welch anderem Grunde sollte man als junger Mensch schon die Mühe auf sich nehmen, eine Dame zu besuchen?

Mobbl erzählte Anekdötchen aus meiner Kindheit, wie beispielsweise jenes, wie ich auf meinem Töpfle saß, und das Töpfle als Fahrzeug nutzte, um den Zwillingen hinterherzufahren. „Wartet doch ihr Büüpschen!" habe ich gerufen. Doch ob ich wirklich mit solch gespitzten Lippen sprach, wie Mobbl?

Dann wollten Henning und ich oben ein wenig musizieren. Mobbl auf dem roten Sofa hospitierte interessiert. Wir spielten den ersten Satz von Schuberts a-moll Sonatine für Mobbl.

Dann spielte ich eine Ysaye Sonate vor, während auch der Opa herbei schlurfte.

„Peng!" rief der Opa nach einem Pizzikato und schüttelte sich vor Lachen.

Leider verpassten wir den letzten Zug, da der Henning noch so lang an Schuberts Es-Dur Trio herumgeklimpert hatte. Es war aber nicht weiter schlimm, da wir ja Betten ohne Ende im Hause haben.

„Du könntest aber auch im Auto in der Garage nächtigen!" schlug ich vor.

Der Henning hatte in einem Jutesack alles Nötige für ein schmackhaftes Abendessen mitgebracht, so auch zwei Knoblauchzehen.

Es gab eine köstliche Mahlzeit mit Chinoa, Möhren und Käse.

Nach Mitternacht schlug er uns im verwaisten Garten nebenan ein Weihnachtsbäumchen, und hernach machten wir noch einen erfüllenden Spaziergang durch den zartverschneiten Wald in fast völliger Finsternis, und ich erzählte plastisch vom Onkel Eberhard und seinem Unglück in der Liebe mit dem bösen Uschilein.

Montag, 21. Dezember

Am Vormittag verzuckert.
Dann nur noch grau und bleich

Erst nach zwei Uhr versank ich im Bett, und dennoch beugte ich mich dem Früherhebungstag, nicht zuletzt deshalb natürlich, weil der Henning in die Klavierstunde musste.

Oben nächtigte er auf dem aufgeklappten Clinton-Sofa.

Am Vormittag fuhr nur ein einziger Zug um 8.17 Richtung Wien, und nun war's schon fast acht! Eile schien geboten.

„Vielleicht will es das Schicksal, daß du hier nie wieder wegkommst?" scherzte ich.

Einmal ins Scherzen geraten, scherzte ich auf dem zugigen Bahnsteig gleich weiter, und lenkte auf lose Weise die Sprache darauf, wie es wohl wäre, wenn die Kriminalpolizei wergen dem geraubten Christbaum bei uns vorspäche.

„Den hat uns ein Gast als Gastgeschenk gebracht!"

„Wissen Sie, wie er heißt?"

„Nein. Keine Ahnung!"

„Sie haben also einfach so jemanden eingeladen, von dem Sie nicht einmal den Namen wissen?"

„Ja."

Ich überlegte im Sinne Mobblns, wie es wohl wäre, den Henning zu ehelichen: Ich würde eine liebe Schwiegermutter bekommen, und in einer bergenden Dorfgemeinschaft in Ostfriesland alt werden. *Doch ob der Henning nach seinen Studien in Wien überhaupt nach Ostfriesland zurückkehren will?"* („*Außer Mutter hält mich dort nichts*")

Wieder dachte ich an die beiden Kriminalpolizisten in Lanzenkirchen. *Sie schellen und wecken den Opa.*

„Herr Rothfuß, wo waren Sie gestern nacht zwischen ein und zwei Uhr?"

„Im Bett natürlich!"

„Und natürlich alleine!" höhnt der eine Polizist, da er dieses beliebte und schwer zu widerlegende Alibi zu Genüge gehört hat. Mitten in diesen Gedanken hinein wurde der junge Friese vom Zug aufgepickt, und ich fuhr wieder heim.

Die Arbeiter, die vor unserem Hause rumbaggerten, nervten mich: Schmierige Typen, ständig am rumkrakeelen; immer rücksichtslos gleich mit dem ersten Hahnenschrei herumlärmend.

Heut hat sogar der Opa mit uns gefrühstückt. Ich aß eine Semmel mit Philadelphia und Honig, und sprach davon, daß ich so gern mal etwas Sinnvolles täte. Zum Beispiel putzen gehen.

„Ich könnt ja die Irene fragen, ob ich bei ihr putzen darf!" schlug ich lose vor, doch davor hat Mobbl eine Heidenangst, da's doch gilt, das Bildnis einer erfolgreichen Familie vor den Wesselys aufrecht zu erhalten. Und dabei wäre ich vielleicht jene Putzfrau, die auf der Welt am besten Geige spielt? „Unsere Putzfrau spielt Geige wie eine Nachtigall!" könnte man beispielsweise verbreiten, auch wenn eine Nachtigall ja eigentlich nicht Geige spielt. „Nur beim putzen selber ist noch viel Luft nach oben. Das kann sie leider weniger gut."

Einmal tüftelte der Opa einen Scherz aus: „Meine Tuba ist tabu!" Wir lachten laut und dröhnend.

Schon am Vormittag schauten Mobbl und ich die Lindenstraße, die heut nicht besonders spannend, dafür aber rührend war, da Mutti Sarikakis sich mit ihrer Schwiegertochter Mary, einer Dame aus dem Busch, ausgesöhnt hat. Außerdem sah man den Olaf ganz oft mit dem vollbusigen Freudenmädchen Pia umeinander pussieren.

Charakteristisch für einen Wörkoholiker ist ja, daß er beständig das Gefühl hat, von einem wedelnden Distelbusch am Po vorangetrieben zu werden.
Ich fühlte mich unbefriedigt, weil ich gar nichts Gescheites zustande brachte, und auch der Brief an die Moser noch immer nicht fertig war.

Mittags regte sich Rehlein in mir darüber auf, daß Mobbl auf die hohe Leiter gestiegen ist, bloß um mit dem Staubwedel irgendwelche Schrankoberflächen in der Küche zu bearbeiten. Ich fand es so unreif von Mobbln, daß es ihr offenbar einerlei ist, daß sich die Verwandten um sie sorgen. Rehlein wäre auf jeden Fall fuchsteufelswild geworden, wenn sie davon gehört hätt. Mobbl könnte stürzen und sich eine Oberschenkelfraktur zuziehen. Wie grässlich dann diese ewigen Fahrten zum Krankenhaus nach Wiener Neustadt sind! In Rehleins Sinne schimpfte ich herum, und vor lauter Geschimpfe ging das schöne Essen direkt ein wenig unter: Es gab Fisolen und Serviettenknödel, und der arme Opa war so müüüüüd!

„Nein, Mobbl! Du hast wirklich köstlich gekocht – wie immer!" sagte ich rasch und meinte es auch tausendfach so.

Heute joggte ich kreuz und quer im Walde herum: In der buckligen Welt. Einem Waldgebiet, worin sich unzählige Hügel befinden, die es zu bezwingen gilt. Der Opa hat sie mal gezählt, aber die Zahl habe ich vergessen. Irgendwas um 49 herum. Man hätte sich leicht verhoppeln können, wenn ich beispielsweise einen leichten Alzheimeranfall erlitten hätte, weil es eben überall so ähnlich ausschaute.

Als ich wieder daheim war, sah ich, wie der Opa im Musikzimmer die Jalouisien hinabließ, und konnte es nicht fassen. Wie kann man den schönen Tag nur hinaussperren, bevor er überhaupt verglüht ist?

Und doch dachte ich mit Rührung über den Greisen nach. Die alten Leute haben schließlich auch ihren Stolz und wollen etwas schaffen und bewegen. Anne-Sophie Mutters Worte über ihren verstorbenen Ehemann nutzend dachte ich: „Ich weiß nur, daß ich ohne die wunderschöne Zeit mit meinen geliebten Großeltern ein armes Schwein wäre!"

Als ich wenig später oben an den beiden jungen Beethoven Sonaten 12/2 und 12/3 herumarbeitete, konnte man durchs Fenster den schönen Anblick auf die zart beleuchtete Pferdekoppel genießen. Auch auf den kleinen krippenartigen Stall hinter dem Hause.

Kurz vor Einbruch der Dunkelheit hat mich der Opa gerufen, da die Irene zu Besuch gekommen war. Freudig legte ich die Geige beiseite und stürmte in Gastesfröhe hinab.

Laut Mobbl sei die Irene um so vieles netter geworden, seitdem ihre Mutti verstorben ist; mir aber machte sie einen reichlich herben und windverblasenen Eindruck. Ihre Gesichtszüge, in denen sich einst juvenile Unbekümmertheit gespiegelt hatte, sind mit den Jahren backobstartig zusammengeschnurrt.

Bei diesem Besuch handelte es sich eher um ein Vorbeigeschneie, denn um ein gemütliches Beieinandersitzen, wie es sich die Großeltern erträumt hätten. Auf ernüchternde Weise handelte es sich lediglich um einen ultrakurzen Anstandsbesuch, der unter dem Motto stand: „Ich bin schon wieder weg!"

„Grüaß di!" Diese Worte galten mir.

Die Irene rankte ein paar eilig klingende Worte drum, daß sie damit rechne, daß ich mal vorbeischaue.

„Ich bin ein zurückgezogener Mensch, der eremitisch vor sich hinlebt!" nutzte ich kryptische Worte von Herrn Bloser, und handelte mir daraufhin ein kumpelig-unwirrsches „Ah, geh!" ein.

Die Irene schien mir ein wenig in Eile, doch Opa und Mobbl zeigten kein rechtes Gespür dafür, und der Opa ist der Irene gar hinausgefolgt. Später sah ich ihn mit seinem gebogenen Spazierstock einsam dort stehen, wo vormals Irenes Auto gestanden war.

Jause um fünf:

Der Opa ist schon sehr alt, und doch befindet er sich, wenn man ihn so auf der Eckbank sitzen sieht, im Verhältnis zur Ewigkeit, nur am Abend eines langen Tages.

Ich rief die Gerlind an, um mich als Übernachtungsgast zu empfehlen. Die kleine Daaje meldete sich so nett, und die Gerlind war so herzlich.

Opa und Mobbl schauten „Karamboli". Einen Film, der im Jahre 1900 spielt. Doch ich hab meine Fähigkeit, fern zu schauen, weitestgehend verloren, da ich immer an andere Dinge zu denken pflege, und auf diese Weise rasch den Faden verliere.

Dann aber schauten wir Loriot: „Weihnacht bei Familie Hoppenstedt", und lachten Tränen!

Dienstag, 22. Dezember

Hellgrau und unauffällig. Zuckerschneereste

Aus einer völlig anderen Welt heraus wurde ich wieder in den Alltag hineingerupft.

Im Traum *befand ich mich auf Reisen. Ich bewegte mich auf unüberschaubar großen Bahnhöfen auf der Strecke von Bochum nach Den Haag, und manchmal saß ich in der Eisenbahn. In einem Abteil lernte ich durch großen Zufall eine Schülerin von Ute B. kennen, die mir ihrer Mutter unterwegs war. Beide schauten genmanipuliert, fast geschmolzen aus. Die Augen wirkten wir Pantoffeltierchen, die links und rechts wie Blätter, die der Wind leicht hinabwehen könnte, an der Stirn herumhingen. Aber darüber hinaus waren beide sehr nett. Während ich mit den Damen scherzte und schäkerte, begann es draußen zu schneien. Ich öffnete das Fenster, um an den Eisblumen, die sich auf der Scheibe bildeten, und die Aussicht somit leicht verdarben,* herumzukratzen. *Leider bildeten sich dabei unschöne Kratzer an der Fensterscheibe, und während ich noch unfroh überlegte, ob die Versicherung diesen Schaden wohl übernimmt,* klingelte der Wecker.

Siedendheiß trat mir mein Kontaktlinsenmittel in den Kopf. Ich hatte mich ja schon darauf gefreut, am Tag vor meinem Abflug in Wien herumzubummeln, musste jetzt jedoch zu meinem Entsetzen feststellen, daß es sich um einen Sonntag handelte. Da blieb mir nicht viel anderes übrig, als heut mit dem 10.18 Zug nach Wiener Neustadt zu reisen. Bis dahin saß ich noch in Restbehagen gehüllt mit Mobbln am Frühstückstisch, und sprach davon, daß Mobbl ihre Geschichten für mein Hinführhalten - „aber bitte! Ich bin nicht das Maß aller Dinge, süße Mobbl!" - zu sehr in gut und böse aufteilt. Wie im Märchen. Und Mobbl selber ist in diesen Geschichten immer „die Gute". Mir scheine es reizvoller, wenn die Personen in ihren Geschichten mit all den Nuancen ihrer Höhen und Tiefen beleuchtet würden. „Denk an Opas Worte!" rief ich aus. „Niemand ist so schlecht, als daß er nicht noch als schlechtes Beispiel dienen könnte!" Dies sagte ich im Angesicht dessen, daß all die Leute, über die Mobbl einmal das Schwert gebrochen hat, immer bös bleiben.

„Selbst die bitterböse Frau in der Geschichte von Tolstoi", fuhr ich fort - eine Geschichte, die gern als Vorlage für eine wachrüttelnde Predigt in der Kirche genutzt wird - „hat einmal jemandem eine kleine Zwiebel geschenkt! Es war nur eine kleine Zwiebel, aber diese kleine Zwiebel wurde zum Symbol dafür, daß niemand nur schlecht ist."

Dann fragte ich Mobbl, warum es dem Opa früher solch ein Herzensanliegen war, daß seine Söhne nie weinen durften? Opa in seinen Kinderberichten: „Wer weinte, wurde auf den Ofen gesetzt und ausgelacht!" Warum wollte man kleinen Kindern ihre wahren Gefühle austreiben?

Sie hätten ständig so laut und ungehobelt geplärrt - wegen jeder Kleinigkeit! meinte Mobbl. Und da konnte ich Opa und Mobbl wiederum gut verstehen, denn einen Dreijährigen, der ausholt, um eine Oktave höher zu kreischen, könnte ich totschlagen!

Kurz bevor ich losfuhr, rief Frau Moser an und bannte Mobbl an den heißen Draht. Ich selber war listig genug gewesen, den Hörer nicht abzuheben, denn schon das freudlos und quäkig vorgetragene: „Moser am Apparat..." hätte einem die Laune um drei Grad hinabgedreht.

Ich blieb zirka drei Stunden lang aushäusig, während der Opa die ganze Zeit schlief, und die Lücke, die ich hinterlassen habe, gar nicht bemerkt hat. Mich fühlend wie eine junge Frau, die sich heimlich einen Babysitter bestellt hat, um sich in der Stadt mit ihrem Liebhaber zu treffen.

Schon in der Eisenbahn fielen mir die unglaublich häßlichen Menschen auf: Ein fettsüchtiger junger Mann, der in Schlummerpose dasaß, war mir direkt unheimlich, weil er so gengepanscht wirkte, und überhaupt nicht wie ein Mensch, sondern eher wie ein Ungeheuer vom Mars ausschaute.

In Wiener Neustadt durchquerte ich die Fußgängerzone. Die herbe Stadt hat nicht die allerbeste Ausstrahlung. Vielleicht hat der trübsinnige Menschenschlag mit der freudlos-weinerlichen Sprache diesen Ort imprägniert und regelrecht verformt? überlegte ich, da nichts Freudvolles in den Lüften zu schwirren schien. Überall nur sauertöpfische, eilige, wetterfest verpackte Gestalten.

In einem Laden kaufte ich für den Opa einen wunderschönen Kalender für das Jahr 1999, damit er wieder gescheit disponieren kann.

Man stellt ihn in Dreiecksform auf, und hat die ganze Woche im Blick.

Beim Optiker kaufte ich mir mein Kontaktlinsen Wischwunder, doch der Laden hatte so eine düstere und negative Aura. Das Lehrmädchen fad und brav, und die Chefin ein unbeugsamer Drachen. Die ganze Zeit befand ich mich auf der Suche nach einem frohen Gesicht. Nach jemandem, dem man eine Visitenkarte überreichen möchte, doch es fand sich niemand.

Daheim hatte Mobbls Katze Lilli mit dem siebten Sinn gespürt, daß ich bald komme, und wartete somit so nett auf der Türschwelle auf mich.

Mobbl, in eine brutale Lärmeswolke eingehüllt, saugte Staub, und nach einer Weile ist der Doktor Bogath auf Visite gekommen.

Heute sollte unseren Senioren die letzte Spritze in den Po gejagt werden, und dann herrscht erstmal wieder ein halbes Jahr Ruh.

Der Doktor war äußerst freundlich gestimmt. Grad so, als habe er sich vorgenommen, jetzt zur Weihnachtszeit alle verfügbaren Freundlichkeitsmoleküle zu bündeln. Umso größer mein Lampenfieber, der Opa könne womöglich grantig gestimmt sein, wenn man ihn einfach aufweckt. Als ich nach ihm schaute, war´s in seinem Zimmer stockfinster und totenstill.

„Ich glaub, der Opa ist gestorben!" sagte ich eher sachlich denn bewegt, zumal ich in letzter Zeit öfters gedacht habe, daß für den Opa der Wachzustand doch nurmehr eine Qual ist. Ein welkes Blatt am Strauch des Lebens, das beim nächsten Windhauch abgeknipst und hinfortgepustet wird. Ein Quell an Qual. Er hört nichts mehr und ist immer müd. Sein Interessensradius, der einst bis weit hinter den Horizont reichte, schnurrt, und das, was er nicht verstanden hat, vergisst er bald.

Der Opa hat dann aber schon noch gelebt. Jedoch die Furcht, daß er sich - in Altersgrämlichkeit versunken - daneben benehmen könnte, ist bei mir stets so groß, daß ich erst froh bin, wenn der Doktor wieder weg ist.

Dem Opa hatte ich schnell noch zischend und so laut ich konnte etwas ins Ohr „geflüstert": „Ich hab grad gesagt, der Opa sei verstorben, um dich vor der Spritze zu bewahren!" posaunte ich verschwörerisch, und erinnerte mich direkt an eine raffinierte Vierjährige, wie die kleine Daaje.

Ich würde es so begrüßen, wenn Mobbl den Opa schlafen lässt, doch Mobbl sagt: „Ach was! Ich bin auch alt!"

Jeden Tag das gleiche Lied: Dann sitzt der Opa da und verbreitet eine altersgrämliche Stimmung.

„Wen muß man eigentlich anrufen, wenn der Opa mal gestorben ist?" frug ich beim Spülen.

Ich beschloss, dies den Kindern in Amerika, wenn´s denn mal so weit sein sollte, zu verschweigen. Die sollen ruhig denken, der Opa wird hundert und drüber.

Am Nachmittag joggte ich auf der Pferdekoppel herum.

Als ich zurückkehrte, hatte Mobbl bereits Stollen und drei Kekse auf meinen Jausenteller gebeigt.

Ich fand das so nett von Mobbln! Doof fand ich dann allerdings, daß Mobbl jetzt unbedingt Opas Zimmer saugen wollte. Das nervtötende Gebläse verdarb den Jausengenuss und hat kein Ende mehr nehmen wollen. Ich setzte mich neben den Opa, und der Opa machte sich Notizen, daß er der ZEIT schreiben wolle, weil er es affig findet, daß man „Balkong" sagt. Diese Notiz machte er sich einfach auf ein Postkärtle vom Beätchen drauf.

Es lief „Hallo Deutschland" im ZDF.

In Zirndorf bei Nürnberg hat´s heut, zwei Tage vor Heiligabend, ein blutiges Familiendrama gegeben: Ein rabiater Herr erschlug seine Frau und seine drei Kinder mit einer Axt, und erhängte sich hernach im Schuppen.

Als ich, mit frischem Fleiß befüllt, wieder an meiner Geige stand, mußte ich darüber nachdenken, daß Mobbl so intensiv Staub gesaugt hat. Plötzlich bekam ich die größte Sorge, die Mobbl könne einen Hirnschlag erleiden, und schaute eiligst nach dem rechten. Und so, als sei´s der Aktivitäten nicht genug, stand Mobbl im Keller und bügelte.

Abends tischte Mobbl einen Lachs auf, dessen Verfallsdatum schon lange abgelaufen war. Seit Wochen, Monaten oder vielleicht schon Jahren war er in der Tiefkühltruhe gelegen, doch Mobbl wollte uns für dumm verkaufen.

„Höchstens acht Tage!" sagte sie.

Er schmeckte scheußlich und leuchtete bereits grünlich. Nicht einmal die Katze hat ihn haben mögen. Ich hab Mobbln sogar das Leben gerettet, da Mobbl aus einem kindischen Trotz heraus „Jetzt erst recht!" (steirische Grundmentalität) ihr Lachsbrot tapfer hinabwürgen wollte. Doch ich nahm es ihr schnell weg und sagte: „Mobbl, es tut mir so leid, daß ich dich desavouieren muß, aber dein Leben ist mir wichtiger als dein Stolz!"

Später hielten Mobbl und ich noch eine kleine Weinstunde ab. Die Erzählungen streiften den lang verstorbenen Onkel Paul, Mobblns Bruder, der leider bereits mit dreißig Jahren im Krieg gefallen ist.

Geboren am 14. März 1914, wäre er mittlerweile 84 Jahre alt. Doch denkt man an ihn, so sieht man einen jungen tapferen Mann vor sich, der leider von seinem Schwager Opa nicht leiden gekonnt wurde.

Dies lag daran, daß der Paul immer sehr auf seine große Schwester aufpasste. Kein Freier schien ihm gut genug.

Auch der Opa quoll nochmals hervor, war jedoch todmüde und schlurfte nur noch rasch ins Häusl und wieder zurück.

Mittwoch, 23. Dezember

Leises Geschniesl von weißem Himmel herab

Kurz bevor ich nach Mitternacht ins Bett steigen wollte, musste die Lilli unbedingt noch ausgehen und gab keine Ruhe. Sie saß vor der Tür und begann ein Wehgeschrei, bis ich sie mit unguten Gefühlen in die Nacht entweichen ließ.

Ich hatte große Angst, die Katze könne in der Nacht durch meine Schuld erfrieren.

Mehrmals stieg ich noch aus dem Bett, um die Lilli zu rufen - allerdings ganz leise, weil ich Angst hatte, Mobbl zu wecken.

Mobbl ist sehr froh über ihre Katze: Endlich jemand, den man nach Herzenslust verknuddeln kann.

In den Morgenstunden träumte ich von unserem alten Haus in der Nahestraße in Bad Godesberg.

Wir teilten das Haus mit den Privaths von nebenan. Die
Privaths waren laut und rücksichtslos. Ihre Aura
komprimierte das Haus stark, so daß es uns viel zu klein
schien.. Doch dann wurde die Wand herausgebrochen, und der
Privathsche Teil mitsamt den Privaths selber gehörte auch
noch uns.

Das Wetter war so unerfreulich verquollen, daß man davon
schwerst depressiv hätte werden können.

Opa und Mobbl saßen beide bereits am Frühstückstisch, und es lief der Weihnachtsfilm „Single-
bells". Ein alberner Film, der bereits gestern
gelaufen ist und urkomisch sein soll. Einmal musste
man mit ansehen, wie der Christbaum in Flammen
aufging.

Mobbl und ich fuhren zum Einkaufen, und Mobbl
saß so nett neben mir im Auto.

Bei Gernot Groß in der Bank hoben wir schon
wieder tausend Schillinge ab. Wir fuhren nach Pitten
in die Apotheke und dann nach Walpersbach in die
Bäckerei. Im angrenzenden Nebenraum tobte ein
kleiner Frühschoppen, der in Österreich sehr in
Mode ist. Man beginnt den Tag mit Müßiggang, statt
mit Fleiß.

Dann fuhren wir zum ADEG.

Ich nahm mir ganz fest vor, Mobbl im Einkaufs-
paradies frei gewähren zu lassen, und mich nicht
über die vielen Einkäufe aufzuregen; aber es war
furchtbar schwierig. Der Einkaufswagen drohte
bereits überzuquellen, und Mobbl plauderte mit der

Verkäuferin auf Art eines ganz lieben, unschuldigen, leicht einfältigen Ömchens, so daß man sich gar nicht mehr recht vorstellen konnte, daß dies der gleiche Mensch sein soll, der so böse Jeremiaden auf die Dame Gerlind singt, und den Opa so brutal aus seinem Schlummer weckt.

Auf der Heimfahrt lenkte Mobbl die Rede drauf, daß ich lieber im Flughafenhotel nächtigen solle statt bei der Gerlind, weil sie sich nicht vorstellen kann, wie sich jemand bei DER wohlfühlen könne. Und außerdem haben wir Rothfußs es nicht nötig, uns von den Otloffs aushalten zu lassen.

Mittags rief Rehlein an, um zu verkünden, daß Ming gut beim Friedel in Portland Oregon angekommen sei; meine CDs jedoch noch immer auf sich warten lassen.

Wieder joggte ich auf der Pferdekoppel herum. Diesmal standen da zwei Pferdchen, die auf ein Zuckerl oder eine kleine Aufmerksamkeit zu warten schienen. Der Opa fühlt sich dann immer so beschämt, wenn er nichts dabei hat.

„Auch Pferde können mich beschämen!" sagt er.

Als ich wieder daheim war, wünschte Mobbl sich zwei Weihnachtssterne, so daß wir nochmals nach Lanzenkirchen - diesmal in den Blumenladen - gefahren sind.

Um eine Erfahrung bereichert - die nette Frau im Blumenladen kennengelernt zu haben -, fuhren wir noch kurz zu Billa, wo wir auf die kontaktscheue Nachbarin Frau Kastner trafen. Eine Dame, die dazu tendiert, den Kopf sofort in den Pullover zu ziehen, wenn ihr jemand begegnet. (Ein Instinkt oder Reflex, weil sie von Schildkröten abstammt). Die gebotenen Weihnachtswünsche warf sie mir ganz eilig vor die Füße; nicht, weil sie mir keine schöne Weihnacht wünscht, sondern weil es ihr ein körperliches Unbehagen bereitet, anderen Zeit zu stehlen.

Um 16.12 verabschiedete ich mich von Mobbln im Ohrensessel, und schickte mich an, die Irene zu besuchen. Der Gang durch das bleich verschneite Ofenbach war so zauberisch. Vorallem in Ilsleins malerischem Hof gefiel es mir. Im letzten Jahr hat sich die Irene einen Wintergarten bauen lassen, worin nun ein Fernglas steht, durch das man die Sterne betrachten kann, wenn der Himmel einige von ihnen entblößt.

Auf diesen Besuch freute ich mich nur bedingt, denn irgendwie ist es der Irene passiert, daß unter ihrer pädagogischen Fuchtel sowohl der Hund als auch die Kinder so ungebärdig geworden sind.

Es ist jedoch niemand daheim gewesen, und ich begrüßte lediglich die Nachbarin Frau Deibl vor ihrem Hause.

Um 17 Uhr fand ich mich wieder bei uns daheim zur Jause ein. Ich brachte die Sprache auf ein Päckchen selbstgebackener Weihnachtsgutsle für 500 Schilling, das Mobbl heuer von einer Dame - einer Art „Moser der Backkultur" - hat backen lassen. Mobbl hatte die Schachtel in einem kühlen Zimmer verwahrt, doch man muß aufpassen, daß man sie nicht vergisst, und nachher im September 99 eine Schachtel mit lauter grünlichen Schimmelflickerln vorfindet.

Ich spulte die Erinnerungen weit zurück. Bis in die **Vorweihnachtszeit 1909, als es so freudig geheißen hat, der Storch habe den Eheleuten Rothfuß einen kleinen Opa gebracht.** Und schon - dem unerbittlichen Lauf der Zeit in Siebenmeilenstiefeln geschuldet - sitzt er moribund, versunken und zusammengeschrumpft in der Eckbank... Etwas, das ich später gar in meinen Briefen verarbeitete, als ich beispielsweise dem greisen Ehepaar Abel in Baden-Baden schrieb. Und womit lassen sich die Alternden mit ihrem geschrumpften Interessensradius wohl besser auf-heitern als damit, ihnen von anderen welken Gestalten zu berichten, auf daß man sähe, daß man nicht der Einzige ist, der dies Päckchen zu tragen hat. (Hilflos der schwindenden Jugend hinterher-zuschauen)

Zum Abendessen plärrte wie alle Tage der Televisor. (Irgendein Unsinn mit Harald Juhnke, dem sogenannten „Berliner Urvieh")

„So was sehe ich nicht gern!" sagte ich mürrisch und nahm mein Knoblauchbrot mit hinauf ins Ashram. Doch dort war mir auch fad, und so spülte ich unten etwas geräuschvoll das Geschirr und fühlte mich gekränkt und verbittert, daß Mobbl die alberne Show meiner Gesellschaft vorzog.

Dann aber, ab 21.45, widmete ich mich den Großeltern. Wieder plädierte Mobbl dafür, daß ich doch lieber im Flughafenhotel residieren möge, und ich erwärmte mich für Mobblns Idee. Mir wurde sogar leichter ums Herz, wenn ich daran dachte, daß die vor Reisen übliche Nachtpanik, ob man sein Flugzeug wohl noch zeitig erhascht, dann wohl von mir abblättert.

Wir sprachen über die Kohlbergers. (Die Familie einer Dame namens Christa, die der Opa einmal einfach so in Wiener Neustadt auf der Straße kennen- und lieben gelernt hat. Die Christa sei schwerkrank, erfuhr ich bestürzt, doch genaueres weiß niemand, denn immer wenn man anruft, heißt es von Seiten Mutti Elfriedes: „Die Christa ist nicht zu sprechen!" Batsch, aufgelegt. Man munkelt, sie habe einen Schlaganfall erlitten.

Dann käuten wir durch, wen Ming wohl mal heiraten solle: Entweder die Marina (Jahrgang 84), Tochter der vermeintlich Schlagbefallenen, Uta (Jahrgang 85), von der es heißt, sie würde einmal Rechtsanwältin, Johanna (Jahrgang 86) Tochter von der Irene, oder die Gastwirtstochter Martina (ebenfalls Jahrgang 86). Mobbl weiß, daß für Ming nur eine deutlich Jüngere infrage käme.

„Hübsch sind sie ja alle!" sagte Mobbl nett.

„Aber wenn er die Marina heiratet, hat er ja eine schlagbefallene Schwiemu, und das will man ja auch nicht!" gab ich zu bedenken.

Dann wurde die Rede auf den Dichter Erich Sedlak geschwenkt, der sich mit Opa und Mobbl angefreundet hat. Mobbl erzählte, daß der Dichter ihr einen Band mit Kurzgeschichten geschenkt hat, der sich in angelesenem Zustand oben neben Mings Bett befände.

„Aber vielleicht hat ihn auch die Gerlind mitgenommen!", sagte Mobbl betont beiläufig; eine Spur zu leis, als daß man sich hätte angesprochen fühlen können, und doch laut genug, daß man es nicht überhören konnte.

Das Büchlein befand sich dann aber doch neben Mings Bett, und bei dieser Gelegenheit fand ich dann auch noch das kleine Ahnenalbum, das das Lindalein liebevoll für die Großeltern gebastelt hat. Beginnend mit Opas Großeltern...

Donnerstag, 24. Dezember

Leicht verschneit.
Vormittags sonnig.
Nachmittags bedeckt

Am Morgen liebte ich die Großeltern unglaublich. Beim Frühstückzubereiten trieb ich mich auf eine Weise an, als sei ich die Oma Ella. Machte ich eine Sache, so raunte ich mir bereits die nächste zu: „Sieh mal zu, Mädchen!" und „Wass willst du denn hier mit?? Gott ach Gott!"

Mobbl erzählte, wie in Godesberg mal ein Obdachloser geklingelt habe, der dringend aufs Klo pressierte, und bereits verzweifelt herumgampte. Mobbl zeigte ein Herz und wies ihm den Weg ins Badezimmer. Doch der Herr kam und kam nicht mehr heraus. Des Rätsels Lösung: Er saß in der Badewanne!

„Das ist ja eine unglaubliche Geschichte!" rief ich amüsiert aus.

Als ich die Rede drauf lenkte, daß Mobbl noch ganz, ganz lange leben solle, meinte Mobbl: „Aber nicht so lang, daß ihr Euch überlegen müsst, wie ihr mich am besten um die Ecke bringt. Es gibt ja Leute, die das schon heut wollen - hast du schon im Flughafenhotel angerufen?" (So daß man Mobbls Assoziierungskette ganz genau nachverfolgen konnte)

Am Vormittag rief Rehlein an.

Im Hintergrund lief meine CD, die buchstäblich in letzter Sekunde doch noch angekommen war, und während ich noch mit Rehlein sprach, kam die Irene mit ihrem Töchterlein „Hannerl" zu Besuch. Aus Höflichkeit, und weil dies Wiener Art ist, gab ich der Irene ein Küsschen auf die Wange, das eine Spur zu laut geriet. Der eher bodenständig-derben Irene hat das aber nichts ausgemacht.

„Meine Mama wäre jetzt sensibel aufgeschäumt!" setzte ich erklärend hinzu.

Mobbl legte unsere Kreutzer-Sonaten CD ein; weniger jedoch um des Musikalischen Erleben Willens, weil nämlich ohnehin nur dazu geplaudert wurde, sondern mehr, um sich nach Art von Frau Privath ein wenig hervorzutun. Auf den Tisch hatte Mobbl wie beiläufig ein Foto gelegt, auf dem Ming dem greisen Pianisten Stefan Askenase die Hand schüttelt. Doch Mobbl hatte irrtümlich gemeint, dies sei ein Minister.

Zur mir war Mobbl ganz anders als sonst. Auf gutmütige Weise streng.

„Du bist so blass!" sagte sie, eher für die Ohren von der Irene bestimmt, als wegen meiner Blässe besorgt.

Später wienerte und putzte Mobbl mit großer Hingabe im Musikzimmer herum. Ich küsste Mobbl innig, und überbrachte die Frohbotschaft, daß Rehlein und Buz kommen.

„Ach?? Hat die Erika gesiegt?" sagte Mobbl „wissend", da Buz und Rehlein in ihrer Fantasie wie die Kesselflicker gestritten haben, wo man wohl die Weihnachtsvakanz zu verbringen plane, und Buz unbedingt bei seiner Mutter feiern wollte.

„Du wirst verstehen, daß Mutter der wichtigste Mensch in meinem Leben ist!" sagte er in Mobblns Fantasie zu Rehlein. Und dann bruddelte Mobbl noch ein bißl was davon, daß sie bereits erwogen habe, die Ella über Weihnachten einzuladen.

Doch die Oma wird sich einen husten. Die feiert beim Hartmut!

Da Mobbl so fleißig geputzt hatte, erbot ich mich, zu kochen.

„Gern!" sagte Mobbl und hatte auch bereits etwas Köstliches ins Auge gefasst: Käselaiberln. Allerdings droht diese tiefgekühlte österreichische Delikatesse immer gleich schwarz und rußig zu werden, wenn man nicht so viel Fett nehmen möchte, wie Mobbl selber. Und während ich noch kochte, spielte sich neben her das ewig gleiche Szenarium ab, daß Mobbl am Opa herumweckte. (Entgegen meinem Rat)

Der Opa war aber gottlob gut gestimmt, und nachdem er die Post aus dem Postkasten gefischt hatte, sagte er strahlend zu Mobbln: „Zehnmal darfst du raten, wer uns heut geschrieben hat!"

Der Optikermeister Karl Breuninger, ein ganz entfernter Verwandter aus dem Ländle war´s, der sich jetzt im hohen Alter auf alte Freunde und Verwandte rückzubesinnen scheint. Es handelte sich jedoch lediglich um einen Rundbrief, und nur die Anrede „Liebe Lotte, lieber Kurt!" sowie die warmherzigen Weihnachtswünsche gegen Schluß waren mit der Feder persönlich hinzugeschrieben worden. Ein Brief, oder auch Bericht, durch den man nur schwer, wenn überhaupt, die eher lustige Wesensart vom Karl herauslesen konnte. Daß heuer ihr siebtes Enkelkind geboren wurde: Ein goldiger Junge, der auf den Namen Marco ⌈hört⌋ ← *dachte ich in Erwartung eines Klischées* getauft wurde (schrieb der Karl fast weibisch in der Wortwahl). Doch wieviel Leben und Freude dies simple Rundschreiben unserem Mittagessen verlieh! Hernach war der Opa die ganze Zeit über so süß, weil er sich so über den Brief gefreut hat, und in seinem Kopf bereits die Schräubchen für einen opulenten Antwortsbrief rotierten.

Um viere nahm ich Mobblns Vorschlag, jetzt zu jausnen, freudig auf, da es draußen vor dem Fenster so zauberisch dämmerte.

Ich erzählte den Großeltern eine bewegende Variante der Geschichte „How the grinch stole christmas" (ein amerikanisches Kinderbuch von Dr. Seuss, das uns Rehlein gerne vorgelesen hat): Wie ich beim Üben beobachtet haben will, wie der Nachbar, Herr Hartl, die Skiausrüstungen der Kinder im Pferdestall versteckt hat, und wie wir nachher hingehen, und die schönen Geschenke einfach stehlen.

Und somit liegen bei Hartls heuer keine Geschenke unter dem Christbaum. Der Hartl will aber seinen frischen Mut nicht verlieren und sagt: „Vielleicht hat es jemand genommen, der es armen Kindern schenken will, die die Skiausrüstung nötiger haben als wir. Laßt uns nicht verdrießen! Wir wollen fröhlich sein!" Alle singen, sind vergnügt und brauchen eigentlich gar nichts.

Einmal tat der Opa genau das, was Mobbl so gerne verhindert hätte: Er rief bei den Kohlbergers an. Die Christa selber kam an den Apparat. Sie, von der´s geheißen hat, sie habe einen Schlaganfall erlitten, hatte in Wirklichkeit „nur" ein Aneurysma. Eine sackförmig verformte Ader im Gehirn. Aber es ginge ihr schon viel besser, und sie mit ihren gerade mal 39 Jahren würde auch wieder ganz gesund.

Ich durfte die Kerzen am Weihnachtsbaum anzünden, und dann rief der Onkel Rainer aus Kanada an. Man glaubt´s kaum: Der Onkel mit der schneeweißen Frisur auf dem Haupt hörte sich am Telefon jung und burschenhaft an, wie jemand, der gerne einen Baum hinaufkraxelt, um Kirschen zu stehlen, und die umstrittene Meinung vertritt, gestohlene Kirschen schmüken noch mal so gut.

Dann rief auch noch die Nora aus Pforzheim an, die gehofft hatte, Buz zu erwischen. Mir schien, daß sich hinter ihrem Besenthum womöglich eine wahre Freundin fürs Leben verbirgt? (Zumindest für Buz) Mobbl suchte derweil in Mings Geheimfach im Ashram nach den Christbaumkugeln, die sich jedoch auf die Schnelle nicht finden ließen, da das Geheimfach in der Wand mit seinen unzähligen Kartons so groß ist, wie in einem Alptraum.

Mobblns Gedanken lagen sämig in den Lüften, und verlangten Mobbln alles ab, tapfer hinabgeschluckt zu werden: Daß wohl die Dame Gerlind die Kugeln mitgenommen haben dürfte, da Ming dieser Dame hörig ist, und ihr keine Bitte abschlagen kann.

Endlich fanden wir sie doch: Nämlich im Musikzimmer. Mobbl: "Ich nehme jedes Wort zurück!" Und nachdem der Baum mit den Kugeln geschmückt worden war, wurde unsere Feier geradezu ergreifend schön.

14 echte Bienenwachskerzen leuchteten stimmungserhellend auf dem so liebevoll geschmückten, gestohlenen Baum, und beim Geigen waren meine Blicke bang daraufgerichtet, daß auch nirgends ein Brand ausbricht. Nie hätte ich mir träumen lassen, daß die eigentliche Weihnachtsstimmung - der Duft von Tannen und Kerzen, gepaart mit dem schönen Anblick des Weihnachtsbaums, der sich in den dunklen Fensterscheiben spiegelte, mich noch tiefer

berühren würde, als die Bescherung selber. Doch grad heut war´s so.

Der Opa hat sich an seinem Geschenk „Hitlers Wien" von Brigitte Hamann regelrecht festgelesen. Das Stern-Abo für Mobbl hatte ich am Katzenkörble befestigt, und den schönen Weihnachtsstern hatte ich auch unter den Baum gestellt.

Zum Abendessen gab´s Irenes frische Forellen und Wein.

Die Gutsles, die Mobbl in diesem Jahr aus einem gewissen Backüberdruss heraus von fremder Hand hat backen lassen, schmeckten fremd und konnten mit Mobblns Gutsles in keiner Weise konkurrieren. Und dabei waren sie so teuer und haben 500 Schillinge verschlungen.

Zum Abendessen riefen Andi und Lisel an.

Onkel Andi hat sich so gefreut, eigenohrig mit anzuhören, wie gut seine alten Eltern noch drauf sind. Wie ein junges Mädle saß Mobbl beim Telefonieren auf der Armlehne vom Sorgenstuhl, und schäkerte kichernd und lustig mit ihrem Jüngsten.

Zu guter Letzt telefonierten wir sehr nett mit Rehlein und Buz, die heuer bei der Familie Gerdes gefeiert haben. Rehlein berichtete, daß die Gerdesbuben den Weihnachtsbaum aus der Musikschule geklaut haben, um ihn Buz und Rehlein zu schenken.

Freitag, 25. Dezember

Vormittags sonnig,
aber mit einem Schleier überzogen,
so daß es mir nicht so gefiel.
Am Nachmittag ganz zauberisch. Weißbewölkt.
Bißl Schnee

Am Morgen fühlte ich mich so unnatürlich wohl, ausgeruht und munter.

Als ich im Musikzimmer die Rolläden hinaufzog, fiel mein Blick auf jenes Geschirr in der Glasvitrine, das auch bei der Oma Ella steht, und ich stellte mir vor, *wie ich zu Mobbln sage: „Ach daaa ist Oma Ellas verschwundenes Geschirr! – Ha, macht ja nichts!"* Und dabei war´s bei uns am Morgen so unglaublich nett. Wie eine duftende Fee entschälte Mobbl sich dem Badezimmer. Der Opa war schon wach und gut gestimmt, und plötzlich erhob sich, einem Schulkind gleich, die Katze, die unter dem Teewagen genächtigt hatte. Wir spaßten darüber, daß Mobbl jetzt von Haus zu Haus zieht, überall einen Spruch oder ein Gedicht aufsagt, und dafür Süßigkeiten haben will. Mobbl solle sagen, dies sei ein alter Brauch im Schwabenland, wenn man über neunzig ist.

Der Opa lenkte die Rede auf die Moser, über die Mobbl zu berichten gewusst hat, daß sie anfragen hat lassen, ob der Opa ihr vielleicht ein paar Bücher abkaufen möchte.

„Ihr könntet doch eure Bücher tauschen!" schlug Mobbl, den Moserschen Intentionen diametral entgegenlaufend, lose vor, obwohl man dann Angst haben müsse, die Moser würde Opas Gedichte unter ihrem eigenen Namen veröffentlichen, und den ganzen Ruhm dafür einstreichen.

Ich berichtete von Sir Yehudi Menuhin und der Geigenlehrerin Frau Einfeld, die beide glauben, daß sie auch so schlau seien wie Buz: Als Buz eine raffinierte Entdeckung in der Violintechnik erklärte, reagierte Frau Einfeld mit Worten der folgenden Art: „Meine Worte. Was *ich* immer predige!" Doch wenn sie es dann präzisierte, so stöhnte man innerlich: Nichts, aber auch gar nichts verstanden! Und auch Sir Menuhin gab Buzens Lehren völlig verwässert wieder. Nur die schönen Zeichnungen der Bogenhand, die Buz ihm vorgelegt hatte, hatte er geklaut.

Der Opa sagte: „99,9% von Mobblns Geschichten kennt man ja allmählich in- und auswendig. Aber man muß doch wirklich staunen, daß es überhaupt so viele sind!"

Einmal sagte Mobbl schelmisch zum Opa: „Du wirst doch wohl hoffentlich noch baden, bevor die Erika kommt!?!"

„Der Opa hat heute doch schon so gut wie fast gebadet!" griff ich anwaltsgleich Opas Partei, und regte an, daß der Opa doch ein Badetagebuch führen könne: 1.1.: Ich sollte baden. 2.1.: fast gebadet. 3.1.: fast gebadet. 4.1.: Habe mir vorgenommen, morgen zu baden!"

Einmal besuchte mich Mobbl oben im Ashram. Ich brachte die Rede drauf, daß der Onkel Rainer vielleicht bald für immer nach Ofenbach zieht, weil er sich von der Sharyn hat scheiden lassen.

„Im Ernst??" frug Mobbl mit kaum zu verbergender Freude. „Woisch dös g´wiss??" Bist du dir da sicher? Dann aber lachte sie, da sie es für einen Scherz hielt.

„Er traut sich nur nicht, es euch zu sagen, weil er meint, dies sei Euer sicherer Tod!"

„Dös g´wiss net!" Mobbl lächelte in sich hinein, da ihr der Gedanke, ihr Ältester könne nach Ofenbach ziehen, um ein neues Leben zu beginnen, lieb war und äußerst verlockend schien.

Mobbl pickte assoziierend gleich wieder eine empörende Geschichte aus dem üppigen Topf ihres Anekdötchenrepertoriums hervor. Eine Lori-Geschichte, die ich aber leider wieder vergessen habe. (Lori = Sharyns adipöse Schwester mit ihrem noch adipöseren Ehemann und der hochadipösen Tochter Meghan)

Statt eines Mittagessens gab´s heut auf mein Geheisch hin nur eine Jausenbrotzeit, als es draußen grad am zauberischsten ausschaute.

Mobbl bruddelte den Opa mehrfach an, weil er in seinen neuen Kalender schreiben wollte, wieviel Grad es jetzt habe.

„Wir trinken jetzt Kaffee!" sagte sie empört und vergaß darüber ganz, daß sie selber bis eben die ganze Zeit vor dem Bildschirm hing. Es lief „Tante Frieda", frei nach Ludwig Thoma, doch es gefiel mir nicht, da die Tante Frieda, die ich einst beim Lesen als knorzeliges, bitterböses altes Weib gesehen hatte, in diesem Film von einer jungen Knackblondine gespielt wurde. Kaum dreißig Jahre alt.

„Es wäre viel lustiger, wenn ich Euch das vorlesen würde!" sagte ich mehrfach. Doch niemand hörte auf mich.

Ich blätterte in den so liebevoll gestalteten Fotoalben aus Rehleins Kindheit, die der Opa als begeisteter Fotoholiker sorgsam beklebt und humorvoll beschriftet hat. Ein besonders schönes Foto zeigte die Familie an Heilig Abend 1947 - also genau gestern vor 51 Jahren. Damals war die Familie, wie man heute weiß, noch nicht ganz komplett. Naturgemäß sehen alle inzwischen ganz anders aus.

Mobbl erzählte von einem besonders traurigen Weihnachtsfest drei Jahre zuvor, als man die Nachricht erhalten hatte, daß der Onkel Paul im Krieg gefallen sei. Ein Mensch, der vom Opa leider von ganzem Herzen nicht leiden gekonnt worden war. Die Buben hatten sich von den Tränen von Mutter und Oma anstecken lassen und weinten laut. Der Opa jedoch war der Meinung, daß Männer nicht weinen sollten, und schon gar nicht an Heilig Abend. Er wischte ihnen die Tränen schroff wieder ab, und befahl, daß sie nun mit dem Weinen innezuhalten hätten.

Heut findet der Opa diese Erziehung entsetzlich - doch damals schien sie ihm passend.

Nach einer Weile zog ich mich ins Dachgebälk zurück und übte freitagsgemäß das Dvořák-Konzert. Eine Stelle wollte ich lieber in Zigeuner-moll spielen und dies, wo doch für viele Interpreten Texttreue oberstes Gebot ist. Aber wenn Buz es merken sollte, dann sage ich eben: „Oh, du hast es bemerkt! Aber ich habe die Original Partitur in Prag studiert!" oder aber: „Dvořák ist mir im Traum erschienen und möchte es nun doch lieber anders haben!"

Um fünf Uhr schlich ich mich zur Jausenfortsetzungsstunde die Treppen hinab. Der Televisor plärrte, und mir drohte ein leiser Fernsehkoller. Mobbl jedoch meinte, daß um halb acht die Nachrichten kämen - also in zweieinhalb Stunden. Außerdem saß Mobbl ein wenig auf Kohlen, weil sie dauernd rumrechnen mußte, ob das Brot wohl ausreiche, wenn Buz und Rehlein kommen. Mobbl glaubt, die Maria habe das alte Backbuch mit den handgeschriebene Rezepten von der Uroma gemopst. Anders könne man sich dies Verschwinden einfach nicht erklären, denn es lag immer am Platz!

Ich lief wieder ins Ashram hinauf, da ich keinen Bock auf den ewigen Fernsehlärm verspürte. Mobbl hat dies allerdings instinktiv geahnt, und folgte mir nach einer Weile ins Dachgebälk, um ein wenig mit mir zu musizieren.

Wir versuchten es mit Schuberts a-moll Sonatine, und ich erfuhr, daß Mobbls Bruder Paul früher auch Geige gespielt habe, so wie ich.

Mittlerweile sind viele Jahre vergangen. Mobbl ist alt geworden, und wenn der Paul jetzt zum Fenster hereingeschaut hätte, und seine liebliche Schwester am Piano sehen würde, würde er sich wohl wundern? Schließlich probierten wir es mit dem ersten Satz vom Dvořák-Konzert. Mobbl war somit die Erste, die das frischgeübte Werk zu hören bekam, und ich spielte ganz ausgezeichnet, da man vor Mobbln nicht so viel Lampenfieber verspüren muss wie vor Buz, Rehlein und Ming.

Abends lief „Achtung Klassik". Justus Frantz servierte „Musikalische Leckerbissen": Zum Beispiel den atemberaubenden Geiger Vadim Repin, der ein so hochkompliziertes Werk darbot, daß man allein vom Zuschauen bereits blutige Finger zu bekommen drohte.

Nachdem die Sendung vorbei war, zündete Mobbl die Kerzen am Christbaum wieder an. Wir musizierten, und der Opa sang. Aber dann schauten wir auch ein wenig drauf, daß die Kerzen nicht ganz abbrennen, weil Rehlein und Buz doch auch noch einen Weihnachtsgenuss haben sollten.

Wer weiß, ob es dann noch so harmonisch ist?

Buz hat wenig Sinn für weihnachtliche Feierlichkeiten, und Rehlein ist immer am retten und aufpassen, daß nichts passiert.

Zum Abendessen gabs Forellen, Kartoffeln und Weißwein. Ich erzählte, wie einsam die arme Frau Moser sei. Aber sie ist glücklich, weil sie verliebt in ihr Unglück ist. An Heiligabend reißt sie die Kabel vom Telefon heraus, weil sie sich sagt: „Wenn mich schon *niemand anruft, so soll mich erst recht niemand* anrufen!"

Samstag, 26. Dezember

Sonnig. Schneereste

Am Morgen fühlte ich mich im Bett so unglaublich wohl, als sei ich bereits verstorben. Die Temperierung war so schön, und das Laken auf dem ich lak (ein Wortspiel), fühlte sich so warm und frisch gebügelt an.

Geträumt hatte ich *von einem grünen Strickpullover, worin ich mich immer so wohlfühlte. Ich mußte ihn nur überziehen, und schon war mein Wohlergehen perfekt. Aber eines Tages hatte ich den Pullober in der Straßenbahn liegen lassen.* Dort wo sich im wahren Leben *das Auricher Kreiskrankenhaus befindet, befand sich* im Traum *das Tal in Trossingen, wo es steil bergabwärts ging. Weil der Weg so schrecklich weit war, fuhr ich eine Station mit dem Bus. Dies hat gleich zwei Mark gekostet. Unten am Fuße des Berges hatte die Musikhochschule einen runden Vortragssaal hinbauen lassen, wo man auch Kuchen essen konnte.*

Eine Sekretärin, die soeben aus dem Gebäude trat und sich suchend umschaute, schien sehr froh über mein Erscheinen und sprach mich darauf an, ob ich Herrn Reimer wohl schon darauf angesprochen habe, daß ich vorhätte am Mendelssohn-Wettbewerb teilzunehmen? Er müsse dann nämlich extra wegen mir im Sommer nach Berlin reisen. Der Wettbewerb findet in den Semesterferien statt, für Rektoren bestünde Anwesenheitspflicht, und er wäre gezwungen wegen mir seinen Urlaub zu unterbrechen.

Im Traume war die Gerlind sehr beunruhigt, da Ming sich wie magisch von einer dicken Jugoslawin angezogen fühlte, die einen ganz unheimlichen Einfluß auf ihn ausübte. Einmal lief ich mit besagter Jugowlawin und noch einer anderen, mir unbekannten jungen Dame an der Landstraße entlang, doch die andere wurde von einem landwirtschaftlichen Fahrzeug angefahren und starb noch an der Unfallstelle.

„Auf diesen Schrecken hin erstmal einen Tee!" sagte die dicke Jugoslawin in hervorragendem Deutsch, und lud mich in ihr Haus am Wegesrand ein. Kaum saßen wir in der Küche, und der Wasserkocher wollte eben lospfeifen, da klingelte es an der Tür: Ming überbrachte einen Blumenstrauß und eine Kassette, worauf er selber als Bach-Interpret zu hören war, und kniete gar vor der Jugoslawin nieder!

„Ist das noch der Ming, den ich kannte?" und zu diesem Gedanken tönte der Wecker.

Zum Frühstück schauten Mobbl und ich eine Reportage über das Leben einiger Frauen in Rußland:

Ein junges Fräulein hatte von seiner Mutter losgesagt, und saß nun im Heim.

Die verlassene Mutti Olga zündete in der Kirche ein Kerzlein an, und der Geistliche im Beichtstuhl sprach davon, daß sie sich erst mit ihrer eigenen Mutter wieder vertragen solle; dann käme ihr Kind auch wieder zu ihr zurück. Doch dies fiel Mutti Olga sehr schwer. Der Stiefvater stellte ihr unverhohlen nach, und ihre Mutti hatte keinen Blick und kein Ohr für dererlei. Wann immer die Olga ihr dies Kümmernis anzuvertrauen suchte, war ihr zumute, als spräche sie mit dem Ofen - keine Reaktion! Dann ist Mutter Ludmilla aber doch gekommen, nachdem der Geistliche sie angerufen hatte. Als sie irgendwo im Nirgendwo der russischen Weite aus dem Bus stieg, hat sie sich mit der Tochter auf hölzerne Weise kurz umarmt, da man sich darauf besinnen sollte, daß man „Mutter & Tochter" ist. Doch daheim entflammte gleich wieder ein unschöner Zwist zwischen den beiden kolchose-gegerbten bäurischen Frauen.

Der Film berührte mich sehr, und schaudernd malte ich mir aus, wie die armen Russen aufeinander-gepfercht in engen Wohnungen mit abscheulich blunzefarbenen Tapeten leben. Abends sind die Männer betrunken und begrabschen die Frauen der Anderen...

Ich fühlte mich friedlich und warmherzig gestimmt, und war so freundlich zu Mobbln.

Nach einer Weile hatte sich Mobbln, einem Orang-Utan gleich, der Opa hinzugesellt.

Ich rannte ein wenig über das knistrig gefrorene Laub im Waldesinneren und war froh, hernach wieder daheim zu sein. Zur Mittagsstund rief Buz an, um zu verkünden, daß sie morgen um 17.26 in Wien ankommen. Buz freute sich schon sehr auf die Weltstadt und regte an, daß wir uns doch in Wien treffen sollten!

Wieder stand Mobblns größtes Kümmernis, daß ich womöglich doch bei DER übernachte, zäh und mienenverlängernd im Raum. Buz hatte zu bedenken gegeben, daß eine Übernachtung im Flughafenhotel 250 Mark koste. „Schilling!" korrigierte Mobbl triumphierend, doch leider sind diese Zeiten lang vorbei. „Das sind doch nicht mal vierzig Mark!"

„Leider sind es doch Mark!" sagte ich, obwohl ich prinzipiell nur sehr ungern enttäusche. „Aber genaugenommen sind es nur 1480 Schilling."

Erwachsenengemäß hatte Buz die Summe ein wenig in jene Richtung verzerrt, die seinen Interessen entgegenkam - nämlich, daß man diese Summe spare, um damit etwas Netteres anzufangen.

Beim Kochen - es gab Reis mit Zucchini - konnte ich es nicht glauben, daß ich übermorgen um diese Zeit bereits in Amerika sein soll. Jenes dumpfe Gefühl des Unbehagens, wenn man vor einem gänzlich neuen Kapitel im Leben steht, umfing mich.

Dem Opa hat das Putenschnitzel nicht geschmeckt, dafür aber mundeten ihm später zur Jausenstund jene Gutsles, die Mobbl für 500 Schillinge hat backen lassen, um sich nun darüber zu ärgern wie geistlos und armselig die doch schmecken. Ja, sie sehen hübsch aus - doch dies ist Fassade. Schmecken tun sie jedenfalls nach nichts, machte Mobbl sich ein wenig Luft.

„Nächstes Jahr backe ich wieder selber!" nahm sie sich vor.

Sowohl zum Mittagessen als auch zur Fünf-Uhr-Jause war der Televisor stumm geblieben. Wir schmiegten uns in Erinnerungen. Mobbl holte Fotoalben herbei, und plötzlich befand man sich wieder im Jahre 1980:

Hochzeitsgesellschaft in Ilses Garten.

Die Irene hatte einen Herrn Jeitler geheiratet, der viele Jahre lang vergebens auf ihre Gunst gehofft hatte. Erst kurz bevor er aufzugeben plante, hat ihn die Irene denn doch noch erhört, und dem geduldigen Herrn waren somit noch knapp zwölf Jahre als Ehemann an ihrer Seite beschieden, bevor ihn im April 1992 der Schnitter heimgeholt hat.

Der Opa sagte so süß: „Auf einem Bild müsste doch unsere Stiefgroßnachbarin zu sehen sein!" und bekam einen Lachanfall, weil er das so lustig fand.

Ich erzählte vom Sparprogramm, das der Geigenbauer H. einst mit seiner Familie durchziehen wollte: Ganzkörperwollanzüge statt Heizung. Bei Dunkelheit schlafen, um das Licht zu sparen. Schnorren statt einkaufen. Mit einem gefälschten Pennerausweis zur Tafel und vieles mehr. Dann aber fand seine Frau einen Liebhaber, und ging ihrem Mann wie ein Gaul durch. Durch die Scheidung wurden die beiden Schwestern auseinandergerupft.

Opa und Mobbl freuten sich auf die Stars in der Manege im Abendprogramm.

Wir hielten noch eine kleine Weinstunde ab und ich vermisste Opa und Mobbl schon jetzt und wünschte, ich sei wieder da.

Sonntag, 27. Dezember
Ofenbach - Wien

Weißbewölkt und unauffällig.
Leicht Schneeverkrustet

Allerlei geträumt: Beispielsweise *daß Herr Bloser mit zwei synchronspielenden Geigern (je Schüler Buzens) die d-moll Sonate von Brahms interpretierte. Nach Art eines Beifahrers, der dem Fahrer oftmals ins Lenkrad greift, griff der Umblätterer Martin W., ein schlichter Verwaltungsangestellter, immer wieder, und ohne drum gebeten worden zu sein, beratend in die Interpretation ein, indem er Herrn Blosers Hand von den Tasten nahm, und selber etwas hinzuspielte. Dazu argumentierte er eindringlich und belehrend.*

Buz hatte eine neue, ältere Schülerin mit blondierter Frisur, einer fast roten Haut und einem freudlosen und lebensgegerbten Gesicht. Sie pflegte ihren Geigenkasten auf Art eines Esels auf dem Rücken zu tragen, und legte ihn auch dann nicht ab, wenn sie ihm die Geige entnommen hatte, um auf stramme Weise dazustehen und zu spielen. Buz hielt große Stücke auf diese Dame, da sie alles, was man einmal sagte, sofort zu realisieren pflegte.

„Warum machen Andere das nicht auch so?!?“ rief Buz einmal aus.

„Wie soll man das bloß schaffen?“ dachte oder fragte ich gar halblaut, „wo es doch praktisch <u>nichts</u> gibt, das Buz nur einmal sagt! Er sagt doch immer alles zehnmal - so wie die Tante Uta!“

Einmal besuchte ich den Onkel Eberhard. Dem Onkel war ein kleines Söhnchen geschenkt worden, das auf dem Boden saß und spielte. Auch der Onkel Hartmut war zu Besuch. In der schummrigen Stube trank man Tee, und der Hartmut erzählte bekümmert, daß ihn alle immer so madig machen wollen.

„Allen voran Du!" bepflaumte er den Onkel Eberhard.

Dann lief ich plötzlich durch Aurich, und ein Herr machte mich darauf aufmerksam, daß mir soeben etwas aus der Hand gefallen sei. Richtig: Es war der Brief an den Umblätterer Martin W., der mir aus der Hand unter ein parkendes Auto geglitten war, das leider sehr viel Öl verloren hatte, so daß das Schreiben auf feinstem Büttenpapier in einem geschmackvollen Kuvert leider ganz ölig geworden war.

Wieder hatte ich meine Probleme damit, aus dem Bett zu steigen. Nicht weil ich müde war, sondern eher, weil ich ein Vogel-Strauß-Typus bin und meinen Kopf vor der langen Reise ins Ungewisse am liebsten im Sand vergraben hätte. Ein besonderes Muffensausen hat es mir bereitet, daß ich mit dem Auto nach Wiener Neustadt reisen und einen Parkplatz finden musste, denn besonders Rehlein hätte es wohl als gar zu hasenfüßelig empfunden, wenn ich mich von der Anna nach Wiener Neustadt kutschieren ließe, und meine alten Eltern eine Taxi nehmen müssten.

Die Zeit bis zu meiner Abfahrt um 14.45 schmolz dahin. Mobbln machte es so schrecklich zu schaffen, daß ich heut bei der Dame Gerlind nächtigen würde, denn Mobblns selbstgeschürter Zorn auf die Dame ist mittlerweile so groß, daß man ihn zuweilen direkt zum Schneiden dick in den Lüften spürt. Am liebsten wäre es Mobbln, wenn die Gerlind auf das Rad aufgeflochten würde. „Wie die mei Wänschteslö* angeschrien hat!"

*Wänschteslö (Iwan): So wird Ming von seiner Oma genannt

Und doch liebte ich die Großeltern sehr, und eine tiefe Wehmut stahl sich in mein Herz, die durch den bewegenden Hit Nummero sieben in der Oper Tamerlano noch verstärkt wurde. Leider ist mir dieser Satz nun so prosaisch geraten, und dabei war mir so poetisch zumute.

Ab und zu wurde ich mit leicht moribundeligen Fragen eingerieselt: Mobbl frägt: „Gehen die dann auch zur Gerlind??" und spuckt den schönen Namen aus wie kalten grünen Rotz, und der Opa sagt: „*Wer* reist?"

24 Tage lang bin ich jetzt weg, und für jeden Tag stempelte ich Opa und Mobbln einen Depotkuß auf die welken Wangen; wohlwissend, daß dererlei einen echten Kuß niemals ersetzen kann. Ich ersann Spielereien, wie man die Zeit mit passenden Gedanken schneller herumbringt, und ärgerte mich, nicht vorher auf die Idee gekommen zu sein, denen einen Adventskalender für die 24-tägige Zeit ohne mich zu basteln. Jetzt war´s zu spät.

Um 14.45 gab ich mir schweren Herzens selber den Startschuss zur Abfahrt. Der Opa hatte sich wieder aufs Ohr gelegt, und Mobbl warf mir am Gatter noch ein Kußhändchen nach.

Als Fahrende auf freier Strecke fühlte ich mich oftmals sehr lampenfiebrig; besonders, wenn jemand hinter mir herfuhr. Einmal quoll die Wahnidee in mir empor, mein Tagebuch daheim vergessen zu haben, so daß ich kurz vor der Frohsdorfer Brücke nochmals anhalten musste, um nachzuschauen. Ein weiteres Problem bildete die Einparkerei vor dem Polizeigebäude: Oftmals war ich messerscharf und gleichsam krumm an mein Nebenauto angeschmiegt, doch irgendwann befand ich mich stehend im restlos überfüllten Zug nach Wien.

In Wien-Süd wollte ich im Warteraum noch zehn Minuten ins Tagebuch schreiben. Hausaufgaben abtragen, wenn man so will. Hernach bestieg ich die Straßenbahnlinie Nummero 18 zur Gerlind.

Dort langte es jedoch vorläufig nur zu einem Blitzbesuch, da ich mich in froher Erwartung auf Buz & Rehlein befand, die um 17.26 im West-bahnhof eintreffen würden. Zwei reife Früchte, die ich freudig von der Bahn abzupflücken gedachte. Gerlind und Daaje sind derzeit beide krank, und die Gerlind sagte so rührend: „Das ist mir so peinlich!" Die Daaje lag auf eine Weise im Bett, als handele es sich um das Katafalk, und rief hie und da aufdringlich: „Maaaaamaaaaa!"

Schnell begab ich mich fort.

An der Haltestelle vor dem Hause traf ich den Fritz mit der kleinen Gesine, und die Gesine mit ihren frischgepusteten roten Backen sah so süß aus und küsste sich so angenehm. Doch mehr als ein kleines Küßchen auf die süße Kinderwange war leider nicht drin, da sich im Sauseschritt bereits die Straßenbahn näherte.

In der Straßenbahn schrieb ich einen Brief an Opa und Mobbl. Ich schrieb, daß ich vom vielen Küssen ihre Patina auf den Lippen über den Wolken mit mir herumtrüge, und daß es mir unbegreiflich sei, daß drei ihrer Kinder nach Amerika ausgewandert sind und ihre alten Eltern zurückgelassen haben.

Im Bahnhof ist um 17.26 überhaupt kein Zug eingefahren. „Der Wolf hat mal wieder einfach was behauptet!" dachte Rehlein in mir. Dafür kam dann aber bald doch einer. Ich stellte mich vorne hin und war guter Dinge, weil ich nichts mehr auf Erden liebe, als Jemanden von der Bahn abzuholen.

Als die unzähligen Menschen herbeiströmten - sprich, der schlanke Zug gänzlich ausblutete - versetzte ich mich in alte Zeiten zurück, als man drum bangen musste, ob sich das Familienoberhaupt wohl unter den Russlandheimkehrern befindet, oder nicht?

Schließlich leuchteten Buz und Rehlein im Pulk der Herbeikömmlinge auf. Ich überlegte, ob eine lange Reise in diesem hohen Alter nicht vielleicht doch schon eine Spur zu aufregend sei? Ob man noch die Nerven für all die kleinen Unabwägbarkeiten hat? Meine zumindest waren zum Zerreißen gespannt. Wehmütig dachte ich an die schöne Reise durch Asien, die ich zur Weihnachtszeit 1983 mit Ming und Rehlein absolviert habe.

Rehlein war damals 44 Jahre alt und noch im Vollbesitz aller jugendlichen Kräfte.

Ich begrüßte Buz und Rehlein auf eine Weise, als seien die Totgeglaubten nach acht Jahren aus russischer Gefangenschaft zurückgekehrt.

Dann kam die Aufregung mit dem Schließfach. *Hält es wirklich zu? Wird Buz wieder den Schlüssel verlieren, und dann behaupten*....in meinem Kopf quollen Gedanken Rehleins auf.

Rehlein dürstete es auch gleich nach der Begrüßung, mir lauter Buz-Geschichten zuzuraunen: Wie er immer was behauptet und so tut, als wüsste er was, und dabei weiß er gar nichts! gab Rehlein die eheliche Bisgurn. Ich fand meine Eltern aber beide für sich genommen so süß!

Im Schließfacheck hielt ich erstmals meine CD in Händen. Ich war begeistert. Vorallem von der Doppelstöckigen.

Auf dem Wege zur U-Bahn fror Buz erbärmlich. Zwar trug er ein schwarzrotes Stirnband - aussehend wie Opas Farbband an der Schreibmaschine - doch seine kleine herzförmige Glatze, bzw. natürlich die Laufmasche auf seinem Hinterkopf, war der Kälte erbarmungslos ausgeliefert.

Wir kehrten im Café Diglas ein, aßen Topfenpalatschinken, tranken heiße Citrone, und Rehlein erzählte vom Onkel Eberhard:

Der Eberhard habe zu Weihnachten ein hochinteressantes Geschenk bekommen: Ein D3 Puzzel;

den Eiffelturm aus 700 Teilchen. Buz und Eberhard haben wie zwei Buben den ganzen Abend daran herumgebastelt, und dabei alles um sich herum vergessen, erzählte Rehlein mit einem Augenzwinkern, da sie dies süß fand, und sich zudem so gerne mit der Tante Gabi von Frau zu Frau austauscht. Als die Gabi aber die vielen Steinchen auf dem Teppich sah, hätte sie beinahe einen Schreikrampf bekommen.

Rehlein hatte mir einen Stapel Post mitgebracht: Meine liebe Freundin Ute M. wünschte mir einen guten Rutsch, und schrieb, daß sie bald nach Paris „abdampft" und damit begonnen habe, auf Bekanntschaftsannoncen zu schreiben, denn ewig möchte sie nicht allein bleiben. Bislang schien niemand groß auf sie gewartet zu haben, so daß sie ihr Glück nun selber in die Hand nimmt.

Als wir das Diglas wieder verließen, entbrannte eine heftige Richtungsdebatte zwischen den Erwachsenen, da Buz einfach geradeaus gelaufen war, und Rehlein gemeint hat, dies sei die völlig falsche Richtung. Doch zum Stephansdom passte es ja, und so behielten wir die Richtung vorläufig bei.

Vor dem Dom saß ein Bettler, ein alter Mann, und bibberte vor Kälte. Wir schenkten ihm hundert Schilling, und Rehlein riet ihm dringend, sich im Café Diglas aufzuwärmen. Dort sei es warm und schön! Mit hundert Schilling könne man sich doch wirklich mal etwas Schönes gönnen. Doch es standen bereits einige barmherzige Seelen bereit, die dem alten Mann eine Decke und einen Teller dampfender Suppe brachten.

Wir fuhren zum Westbahnhof zurück, gabelten das Gepäck auf, (schreibe ich auch schon wie Ute M.?) und fuhren mit der Nr. 18 zum Südbahnhof, wo Rehlein & Buz den Zug nach Wiener Neustadt zu besteigen gedachten. Analog zur Geschwindigkeit der Straßenbahn schrumpfte die Restzeit mit meinen Eltern ein. Mir wurde immer schwerer ums Herz. Die Straßenbahn rollte unerbittlich voran, und nervös war ich auch, weil ich mir plötzlich dachte, es sei vielleicht ungehörig, die Gerlind so lange warten zu lassen.

Und doch ließ ich es mir nicht nehmen, Rehlein & Buz auf den Spätzug um 20.40 zu bringen. In hohem Tempo stempelte ich ihnen je noch 33 Depotküsse auf die Wangen. Für jeden Tag, an dem wir uns jetzt nicht mehr sehen würden, einen. Mehr konnte man leider nicht mehr tun. Wenn alles gut geht, so sehen wir uns in 33 Tagen wieder.

Noch aber fühlten sich diese 33 Tage an, als seiens 33 Jahre.

Meinem Glück brutal entrupft fuhr ich durch die Dunkelheit mit der Straßenbahn zur Gerlind.

Rehlein hatte noch einen köstlichen Gesundheitstrunk für die Gerlind im Reformhaus besorgt, und den brühten wir uns nun an.

Die kleine Gesine, die kurz vor Weihnachten zwei Jahre alt geworden ist, hat zu babbeln begonnen, und sieht mit ihren roten Apfelwänglein so bezaubernd aus wie auf einem Gemälde von Carl Larsson. Nebenan schlief die kranke Daaje wie ein Stein - entweder ihrer Gesundung oder aber ihrem Exitus entgegen. Vati Fritz hatte heut ein Konzert und war somit wie fast alle Tage aushäusig.

Die Stimmung mit der Gerlind war nett, aber auch ein wenig müd und fast ein wenig mühsam. Man interviewt sich höflich, und erstattet einen Rapport. Als wir ins Bett gehen wollten, heulte die Gesine laut und barmend. Es klang jedoch total künstlich, wie von einem unbegabten Schauspielschüler, und Mami Gerlind sagte: „Gesine, das mit der Heulnummer musst du noch ein wenig besser bringen!"

Die Gerlind hatte so rührend das Bett für mich bezogen und sogar ein kleines Betthupferl aufs Kopfkissen gelegt, und doch kam ich mir verloren und wie ausgesetzt vor, weil ich ja morgen so weit wegfliege. Ich werde pünktchenklein und löse mich aus Europa einfach hinweg, wie andere sich aus dem Leben.

Montag, 28. Dezember
Wien - Sequim (Kleinstadt nahe Seattle)

In London Sonnenschein.
Hier in Amerika schneefrei
aber grau und zum regnen tendierend

Beim Einschlafen fühlte ich mich eigentlich sehr wohl, und doch so einsam und entwurzelt. Es war die Ungewissheit, die auf mir lastete. Vor mir lag ein gänzlich neues, hoffentlich nicht allzu langes Kapitel meines Lebens auf einem fernen Kontinent. Ich sehnte mich nach meinen Eltern... Als dann aber um viere der Wecker tönte, wurde ich einem interessanten und ungewöhn-lichen Traumgebilde entrupft: *Zwischen dem Herrn Prof. Kebap und seinem Vorgänger Herrn Scherließ fand ein Sumokampf statt. Herr Scherließ hatte sich als Prüfling getarnt, und von Herrn Kebap eine ganz schlechte Note bekommen. Fast genüsslich gab Herr Scherließ am Ende der Prüfung seine Identität preis: „Meines Zeichens Magister der Musikwissenschaften".*

Die genüsslich erhoffte Beschämung blieb jedoch aus, und stattdessen wurde Herr Kebap noch fassungsloser, daß jemand, der nichts, aber auch gar nichts kann, Magister der Musik-wissenschaften wird.

Verschiedene Ängste hatten sich in meinen Kopf gestohlen und verdarben mir vorerst die Reise. Zum Beispiel, daß ich Beätchens Adresse gar nicht kenne! Und was, wenn die untere Haustüre in diesem Mietshaus versperrt wäre, und die Gerlind gar keinen Einfluß darauf hätt´? *Der Hausmeister kommt frühestens um zehn. Er heißt Slobodan Bogdanovich, spricht kein Wort deutsch, und seine Telefonnummer hat niemand.*

Womöglich ist oben dann die Haustür zugefallen, und ich bin zwischen zwei Stockwerken eingesperrt, bangte in in äußerster Unfröhe. Doch glücklich gelang es mir, mich aus dem Hause zu stehlen, und die Straßenbahn um 5.06 zu erreichen.

Wien ist doch sehr fremd. Undenkbar wäre es beispielsweise, in die Straßenbahn zu steigen, um mit einem frischen "Moin!" um sich zu grüßen. Es sitzen lauter zusammengesunkene verdrossene Gestalten da - fremd, wie von einem anderen Stern. Aber gottlob gilt das Herdentriebgesetz für alle Städte, und sicherlich gibt es auch Städte mit einer sehr netten Ausstrahlung, dachte ich hoffnungsfreudig, und lenkte die Fühler meiner Gedanken bis nach Seattle.

Die erste herbe Enttäuschung erwartete mich in Wien Süd. Ich hatte nicht gescheit geschaut, und der Flughafenbus fuhr erst um 5.45 ab. An der Haltestelle saß eine zusammengekauerte verkommene Frau mit einer seltsam unheilvollen Ausstrahlung. Sie sah aus wie eine Prostituierte in London um 1888, zu Zeiten von Jack dem Ripper.

Mir kommt es vor, als würde mein Leben derzeit nur aus Warten bestehen. Ich hatte gehofft, der Transferpreis nach Wien-Schwechat sei im Flugpreis inbegriffen, doch der Busfahrer sagte: „Siebz´g Schilling. Sie saaaan vui dabääääh!" (Versteht dies jemand? „Sie sind voll dabei").

Im Flughafengebäude musste man sich gleich in einer Schlange einordnen, und ich stelle mir vor, ich sei *nach einem Prozess („Lebenslänglich!") soeben ins Gefängnis eingeliefert worden.* Wieder galt´s so unglaublich lang zu warten. Vor mir standen drei völlig identisch aussehende Girlis mit kunstvoll hochgesteckter schwarzer Frisur. Daneben ein Herr, der ausschaute wie König Harald von Norwegen. Von der Seite her erinnerte er mich jedoch eher an den Steuerberater Tanner in der Lindenstraße.

Mein Gepäck war dermaßen schwer und sperrig, zumal ich mir noch jede Menge Journale und hinzu das Tagebuch von Georges Simenon für die Reise gekauft hatte.

Schließlich saß ich im Flugzeug nach London Heathrow.

Ich war von großer Furcht vor einem Nebensitzer mit eventuell unpassender Wellenlänge durchbeutelt gewesen, und dann hatte ich ein solch unverschämtes Glück: Der Platz neben mir blieb nämlich leer. Einmal schlummerte ich über den Wolken, und als ich die Augen wieder aufschlug, stand ein spilleriges kleines Sparfrühstück vor mir. Bißl wie im Knast: Ein paar tiefgekühlte Obstteile aus dem Glas, mehlige Birnen, vertrocknete Mandarinen. Nun war´s bereits 9.34 - Ankunftszeit! Doch wir schwebten noch immer über den Wolken.

Im Geiste erzählte ich Rehlein am Telefon: „Wir hatten leider eine sehr große Verspätung, obwohl das Flugzeug ganz schnell geflogen ist!" Doch das Rätsel war ganz simpel: In London herrschte nämlich eine ganz andere Uhrzeit.

Irgendwann waren wir auch dort. Man mußte mit dem Bus zum Terminal 4 fahren, und von dort aus rief ich in Ofenbach zum Frühstück an. Bei einer freundlichen Dame hatte ich 400 Schillinge getauscht, und ein Drittel davon ging nun für das telefonische Süßholzgeraspel drauf.

Stundenlang hielt ich mich auf dem Flughafen auf. Schließfächer gab es dort nicht, und so lief ich eben mit dem Kofferkuli herum - mich ärgernd, daß mein roter Rucksack beständig auf den Boden zu plumsen drohte. Ab und zu saß ich in der Sitzgruppe und wartete ab. Im Geiste spielte ich jenes Interview durch, das eine Dame vom Ostfriesland Journal im Februar mit mir führen möchte; und ich bins doch gar nicht gewöhnt, Interviews zu geben. In meinem Hirn formierten sich bereits brilliante Worte, und doch wurde ich kühl vom vorausahnenden Gefühl beweht, daß meinen Lippen womöglich erschreckend unreifes Zeug entquillt, wenn der Ernstfall eintritt. „Sehen Sie sich an, wie ich wohne: In einer kümmerlichen kleinen Dachgebälkswohnung über einem C-Promi: Dem Komüüüdiän Frank G., der beständig Schnaderhüpferlflicken von Georg Kreisler übt.“

Immer wieder wurden meine Gedanken und Ideen was zu sagen wäre, von Lautsprecherdurchsagen an der Entfaltung behindert: Ständig mussten irgendwelche bummelnden Passagiere streng ermahnt, mit dem erhobenen Zeigefinger bewedelt und zur Eile angetrieben werden.

Um viertel nach eins wurde es nun auch für mich ernst. Dem Herdentrieb folgend, in einer Menschenschlange mitwabernd, wurde man in einen Bus hineingepfercht. Mich hielt ein unguter Zweifel umfangen, ob es überhaupt der richtige Bus sei? Am Ende würde ich doch wohl nicht irrtümlich zu irgendeinem anderen Terminal gefahren, und von dort aus in einen ganz anderen Teil der Welt geflogen werden?

Beim Fliegen bin ich nie nervös, obwohl die parkenden Riesen doch eigentlich wie Todesmaschinen ausschauen. Ich kam im zweiten Stock des britischen Jumbojets zu sitzen, und es war so grauenvoll eng! Meine Violine sollte gar in einer Gepäckröhre über den Sitzen verstaut werden, doch dies konnte ich als Geigenmutti kaum gutheißen, und schmuggelte sie unter meine Füße, wovon es naturgemäß noch enger geworden ist.

Ein älteres Ehepaar gesellte sich zu mir in meine Dreierreihe. Doch kaum saß ich da, als mich auch schon eine freundliche Stewardes sehr höflich frug, ob ich gewillt sei, den Platz zu wechseln, da eine gehbehinderte Dame etwas Beinfreiheit benötige, wofür ihr dieser Platz nun deutlich passender schien.

„Natürlich!" sagte ich warm, und schickte mich an, zusammenzupacken und zu verschwinden. Etwas, wofür ich später eine Flasche Champagner überreicht bekam. Hernach saß ich zwischen zwei netten Herren.

Einmal war´s kurz nachtesschwarz, doch im Groben besehen herrschte heut ein unglaublich langer Tag, der sich anfühlte, als sei er wie ein Strapsband gedehnt worden.

Ich stopfte mir die Ohrstöpsel in die Ohren, um dem gebotenen Klassikprogramm zu lauschen: Teilen aus Händels Messias, Rachmaninoffs drittes Klavierkonzert mit Martha Argerich, und den letzten

Satz von Beethovens Violinkonzert mit Gidon Kremer.

Nach so vielen Jahren befand ich mich nun auf dem Weg zur Tante Beate. Aber ich freute mich gar nicht so richtig darauf, weil ich den Faden zu ihr verloren habe, und sie vielleicht doch lieber jung und süß in Erinnerung behalten hätte.

*****

Auf dem etwas leblos wirkenden Flughafen von Seattle erlebte ich eine große Freude: Hinter Glas zeigte sich Mings so liebes Gesicht. Ich stellte mir vor, wie es wohl sei, nach vielen Jahren aus der JVA Celle entlassen zu werden, und plötzlich völlig unerwartet von einem treuen Verwandten, an den man schon seit Jahren nicht mehr gedacht hatte, abgeholt zu werden.

Im Wartelabyrinth war es langweilig, wie in einem Stau auf der Autobahn, und ich sehnte mich doch so sehr danach, endlich in Mings weit geöffnete Arme zu stürmen, und sein liebes Gesicht über und über mit Küßchen zu bedecken. In riesengroßen, nicht enden wollenden Zeitabschnitten, durfte man das Gepäck ein paar Zentimeter weiter vorrücken. Ich bekam schwielige Hände und wurde ganz verdrossen dabei. Zum Zeitvertreib stellte ich mir vor, *wie ich bei der Beate einen gleichmütig-freudlosen Eindruck mache. Von dem jubilierenden süßen Kleinkind von einst, ist nach Beätchens Auswanderung im Jahre 1966 nichts mehr übrig geblieben.* Ganz zum Schluß, als ich schon gemeint habe, einen Zipfel der Freiheit erhascht zu haben, wurde ich von einem Asiaten genötigt, nochmals das ganze Gepäck auf das Rollband zu legen. Etwas, das ganz schön dumm war, denn es war sogar die Geige dabei. Was, wenn das edle Instrument aus dem Kasten gehoben und mit hartem Beamtenknöchel brutal abgeklopft würde? Andererseits: Gibt es ein raffinierteres Versteck für etwas Rauschgift als eine teure Stradivari?

Endlich war ich frei und wurde von Ming und Jesse so herzlich auf dem neuen Kontinennt will-kommen geheißen. In Jesses geräumigem Auto fuhren wir heim.

Leider wurde ich auf der Fahrt so quälend müd, und fühlte mich wie der Opa zuweilen. Alles wirkte wie verschleiert und verschliert. Hinzu gesellte sich das merkwürdige Gefühl, der Jesse würde einen Unfall bauen, wenn ich die Augen schlösse.

Leise murmelnd unterhielten sich die Herren, während ich krampfhaft versuchte, wach zu bleiben.

Irgendwann waren wir da.

Innig, mit einer tiefempfundenen Umarmung und Küsslein, begrüßte ich die alt und knittrig gewordene Tante Bea, die allerdings ihrem Ruf als manisch-verquirlte Ulknudel noch immer alle Ehre macht. Sie hüpfte herum, zwitscherte unreflektierte Scherz-haftigkeiten und machte ein narrisches Getue, wie man es von ihr erwartet und gewohnt ist.

Nach all den Jahren lernte man die Verwandten wie neu kennen: Ich begrüßte Beas einzigen Sohn Riffi, sowie die zweite Tochter Jenny mit ihrem Freund Eric, einem skandinavischen Typus. Das Lindalein war ich zwar bereits gewöhnt, und doch begrüßte ich es am allerherzlichsten.

Es herrschte eine Atmosphäre wie an einem amerikanischen Weihnachtsabend. Leider wollte mich die Müdigkeit nicht so recht aus ihren Fängen lassen, und so dachte ich mit letzter Kraft: „Schrecklich, wenn man die Müde und Malade hervorkehrt. Reiß dich um Himmels Willen zusammen!" Und zu diesem Gedanken schnitt ich ein frohes Gesicht.

Im Treppenhaus erzählte mir die Bea, daß ihr ihre Eltern auf die Nerven fallen würden, und daß sie keine Geduld für Mobblns Geschichten habe.

Dienstag, 29. Dezember
Sequim

Graumeliert.
Regnerisch mit mattblauen Rändern am Horizont

Erhoben um 8.36
Hier auf dem Papier nimmt sich meine Aufstehzeit ganz normal aus, doch der Leser müsste sich vorstellen, daß ein Fräulein in Deutschland sich erst um 17.36 erhebt - so lange schlief ich! Und hinzu noch sehr gut auf der vom Beätchen so liebevoll mit

Decken gepufferten Matratze in einer kleinen Abstellkammer, die durch ein Badezimmer mit dem ehelichen Gemach von Ming und Linda verbunden war.

Mitten in der Nacht geschah genau das, was mir das Lindalein prophezeit hatte: Ich erwachte an Schlafübersättigung. In Österreich war der Tag bereits tief in die Vormittagsstunden hineingerutscht, und man hat wertvolle Lebenszeit veruntreut. Mir war zumute, als packe ich ein Geschenk aus, dessen Haltbarkeitsdatum lang überschritten war, und dabei war der Tag hierzulande doch noch nicht einmal angetaut.

Ich frug mich, wie ich es hier wohl so lange aushalten solle? Ob ich vielleicht eine nestkonflikt-bedingte Depression erleide und nichts dagegen machen kann? Und am Morgen, als es immer noch so still im Hause war, beschlich mich auch noch das Gefühl, bei einer Familie gelandet zu sein, *wo ganz viel geschlafen wird, da das Beätchen Opas Weisheit „Der Schlaf ist heilig!" tief verinnerlicht hat, und dies der faulen Familie doch wohl nur recht sein kann? Wie im Altersheim wird um 16.30 das Abendbrot aufgetischt, um 18 Uhr macht sich Bettgangsdrögnis breit, nach einem kurzen Gedöse vor dem Fernseher retiriert man sich in seine Schlafstube, und morgens um zehn ist noch immer niemand wach?*

Unten saßen bereits ein paar Erwachsene am Tisch. Nach europäischer Sitte stand die Bea - von oben gesehen als kleines, rotes Pünktchen - in der Küche und schuftete für ihre Lieben. Aber die „helpyourself-Mentalität", von der Mobbl erzählt hatte, spürte man ja doch. In der Küche schmiert man sich ein Sandwitch, um es in seinem Zimmer oder am Tisch zu verspeisen.

Ich dachte sogar kurz: „Ich halt´s nicht aus! Drei Wochen auf Herumhängebasis..." Natürlich könnte man sich vorstellen, das neue Aupair girl zu sein, das von seiner Gastmutti vorerst als dummes Ding eingestuft wird. Es ist nicht bös gemeint, denn die Gastmutti denkt vielleicht liebevoll: „Ich war ja auch einmal ein dummes Ding. Die wird schon noch, wenn ich sie ein wenig an die Kandare nehme."

Ich nahm mir vor, mir vorzustellen, ich würde jetzt ein ganzes Jahr lang hierbleiben müssen.

Leider hatte ich ein leichtes Hexenschuss-Zipperleingefühl. Irgendwie konnte ich mich nicht mehr richtig bücken, und eine gescheite Kerze, wie in jungen Jahren, kann ich auch nicht mehr machen, da ich alt werde.

Das Rifflein sagte auf einwandfreiem deutsch: „Wir reden viel, aber wir sagen nichts!"

Ich blätterte in einer Fotobroschüre, die die Tante Antje in Bonn für die Bea gebastelt hatte. „Das Herz schlägt höher beim Spiel des Lichts mit den Wolken!" hatte die süße Antje in rührender Poesie unter ein Foto geschrieben.

In den Lüften lag, daß man das Schwimmbad aufsuchen wolle, da es draußen leicht trostlos vor sich hinnieselte, so daß man keinen Ausflug machen konnte, der Tag jedoch gestaltet werden wollte.

Als wir uns in die diversen Autos einpferchten, und mein Blick auf den Jesse in seinem tropfenden dunkelblauen Regenmantel fiel, fühlte ich mich kurzzeitig wie in Andis Portugal-Video. Jenem Video, bei dem Buz einst so müde geworden war, wie nie zuvor und die danach.

Ich fuhr mit Linda, Ming, Jenny und Eric. Der Eric, der wie ein Ostfriese ausschaut, saß am Steuer und Ming genoss es, wenn er durch eine tiefe Pfütze fuhr, so daß es fächerartig aufspritzte. Eigentlich wollten wir eine zehnmeilige Wanderung am Meer machen, doch bloß zwei Meilen sind daraus geworden. Vielleicht, weil ich so langsam laufe. Obwohl ich es kaum erwarten konnte, wieder daheim zu sein, erzählte ich der Linda trotzdem detailliert, daß ich mir vorgenommen habe, jedes Jahr für ein Jahr zu einem Verwandten zu ziehen. Als Erstes ist der Onkel Rainer in Toronto dran. Zunächst, nachdem ich mit Gepäck beladen an der Haustüre geklingelt habe, ist man allgemein „verwundert", aber ganz nett. Bloß am Abend des zweiten Tages herrscht von Seiten Sharyns „dicke Luft". Da muß man aber durch, und nach drei Monaten haben wir uns alle aneinander gewöhnt. Und beim Abschied - auf den Tag genau ein Jahr nach meiner Ankunft - gibt´s sogar Tränen, denn ich werde nie wiederkehren. Die anderen Verwandten warten! „Wir werden uns nicht wiedersehen!" sage ich pathetisch, „das, was gesagt werden musste, ist gesagt!"

An unseren Füßen entrollten sich sanft ein paar Wogen und der Strand lag voll mit morschem Holz und Seetang, der an dicke, lange Wasserschlangen erinnerte. Hie und da sprach Ming davon, dem Herwig einen Stein mitzubringen, da dem Herwig als klassischem Misantropen die Menschheit zum Ekel ist, und er seine Gefühle lieber auf die Wunder der Natur lenkt.

Ming erzählte vom Onkel Eberhard:

Als Ming sich in Berlin mit ihm treffen wollte, sagte der Onkel oft: „Du kannst auch bei uns übernachten!" Ming hatte jedoch bereits eine Übernachtungsstätte und sagte: „Vielen Dank, lieber Onkel Eberhard! Das ist ja wirklich SEHR nett von Dir, doch es tut nicht not. Mein alter Freund Kaspar hat sich bereits meiner erbarmt."

„Wir können Dir auch ein Feldbett hinstellen!" sagte der Onkel Eberhard.

„Aber ich will doch gar nicht bei Dir übernachten. Ich will dich treffen und genießen!"

„Das wäre überhaupt kein Problem mit dem Feldbett!"

„Das wär doch zuviel der Mühe! Ich will dich doch einfach nur zum Tee besuchen und ein bißchen plaudern!"

„Das Feldbett stellen wir dann in der Stube auf..."

„Onkel Eberhard, nun hör mir doch mal zu!"

„Wir könnten aber auch eine Luftmatratze nehmen!"... und so ging es immer weiter fort.

Die Linda hatte uns Sandwitchs vorbereitet, und ich finde das Brot, das der Onkel Jesse mit der

Brotbackmaschine zu backen pflegt, die morgens um vier Uhr angeknipst werden muss, köstlich.

Ming erzählte von einem Herrn, der seinen Vornamen in „Machmal" umändern lassen wollte.

„Meine Frau nennt mich schon die ganze Zeit lang so!" meinte er.

Dann waren wir wieder daheim. Wenn alle auf englisch sprechen, so versteht man´s und versteht es doch nicht. Einmal glaubte ich „I got rhythm!" verstanden zu haben. Es hat aber nur geheißen: „I can go with him!" und warum sollte auch jemand am hellichten Tage sagen: „I got rhythm!"?

Mittags waren wir mit der Linda allein. Alle waren zum Schwimmen ausgeflogen.

Wenn Ming am Klavier kraftvoll Beethoven spielte, so hörte mans im ganzen Haus.

Dann spielte er etwas von de Falla, und das kleine welke Beätchen mit seinem weißgewordenen Haupt in einem roten Wams steckend rief so bezaubernd: „Ich weiß nicht, wie gut das war, aber auf jedenfall war es laut!" Das Beätchen kann so lustig ihre Nasenlöcher zusammenziehen.

Abends hing man so rum. Das Beätchen hatte den Weihnachtsbaum mit Kunstlämpchen geschmückt, die beständig an- und ausgingen; grad wie in Taiwan, und die Taiwanesen scheinen sich diesen Unfug von den Amerikanern abgeschaut zu haben. Dazu fingerte das Rifflein ein Schubert-Lied am Klavier zusammen.

Das Rifflein wird von unbestimmten Sehnsüchten benagt: Zum Beispiel, ein großer Pianist oder Komponist zu sein. Da ihn jedoch nie jemand an der Hand genommen und ihm den rechten Weg gewiesen hat, wird dies womöglich ein schöner Traum bleiben. Ich stellte mir vor, *aus Ming wäre nichts geworden, und nun säße auch er so träge da und klimpere laienhaft und doch sehnsuchtsbenagt am Klavier.*

Ming und ich spielten den Verwandten den spanischen Tanz von de Falla vor, und alle waren begeistert von dem zündenden Werk.

Dann wurde zum Abendessen getrommelt. Ich hatte gemeint, es gäbe einen Ofenschlupfer, aber es wurde etwas anderes aufgetragen: Truthahnfaser und Pizzastücke. Die Reste vom Weihnachtsessen.

Ming erzählte von unseren vergnüglichen Fahrten mit der Eisenbahn: Auf dem Bahnsteig spielten wir schwäbische Terroristen, und nach Art einer ganz naiven Terroristengattin sagte ich laut und vernehmlich: „Schätzle, ich geh mit der Bombe schon mal voraus!"

Nach einer Weile rief der Jesse: „Movie!" da es in dieser Familie gang und gäbe ist, jeden Abend einen Film anzuschauen. Man versammelte sich somit im Fernsehzimmer, und nur Linda und ich übten Geige.

Mittwoch, 30. Dezember

Geheimnisvoll verhangen

Allerlei geträumt:
Zum Beispiel, *daß ich mit Rehlein in der Eisenbahn fuhr,
und unterwegs ganz spontan ausstieg, um im Morgengrauen
nach London weiterzureisen. Erst als ich mich am Trossinger
Bahnhof befand, fiel mir ein, daß ich ganz vergessen hatte,
Rehlein zu sagen, daß sie meinen Koffer und die Geige auf der
Gepäckschiene mit nach Aurich nehmen solle. Aber ich
vertraute auf Rehleins Aufmerksamkeit und Umsicht.*
*Dann spielten Buz und ich dem Tonmeister Rost mit einem
kleinen, aus Studenten zusammengesetzten Kammerorchester
Bachs Doppelkonzert vor; doch nach einer Weile verstummte
zunächst Buz und dann, dem Herdentriebe folgend, auch ich
und schließlich alle anderen, da der Hund von Herrn Rost
plötzlich tot umgefallen war.*
Noch in Entsetzen eingehüllt, wurde ich so nett von
Ming wachgebusselt. Mit seinem neuen Bärtchen
schaut Ming aus wie ein Mann, der aus einem großen
Topf mit Brombeermarmelade genascht hat, dabei
erwischt wurde und alles abstreitet, so daß er von
Rechts wegen eine lange Nase bekommen müsste,
wie Präsident Clinton auf der Clinton-Uhr.
Heut habe ich gar nichts gefrühstückt, da ich auf
Art eines alteingesessenen Europäers noch nicht so
recht mit der Do-it-yourself-Mentalität vertraut bin.
Dummerweise spürte ich auch heut mein Zipper-
lein. Ein verspanntes Gefühl oberhalb der Powurz,

und natürlich mischt sich die leichte Furcht dazwischen, es seien die Nieren, und das Ende nahe.

Zuerst vertraute ich mein Leiden dem Lindalein, später der Tante Bea an.

„Du hast das Zipperlein!" sagte die Bea so süß.

In der Ferne sah man den Mont Baker schimmern: Einen blassrosa Vulkan, und der Onkel Jesse hat sogar den Feldstecher bemüht, den er zu Weihnachten bekommen hat. Fasziniert beobachtete ich ihn dabei, wie er interessiert durch das Fernglas auf den Vulkan draufschaute. Eigentlich gehört der Jesse Ming und mir mehr als Beates Kindern, da er ja ein echter angeheirateter Onkel, denen jedoch nur der Stiefvater ist. Eine Art Vaterattrappe, wenn man so will.

Heut hat´s geheißen, wir führen in den Regenwald. Ming hat ganz narrisch getan, und erinnerte mich in seiner Art, mich zu scheuchen, an das Kläuschen, wie es die Antje zur Eile antreibt, wenn man einem Kulturgenuss entgegenstrebt. Ich wurde recht lustig dabei - soweit mir das mein Zipperlein erlaubte.

Im Auto wurde auch das Beätchen sehr lustig, indem es drauf losfabulierte, wie man im Frühjahr nach Europa reisen will, aber niemanden besucht, weil man es nie *ganz* zu den Verwandten hin schafft. Kurz vorher geht einem die Puste aus.

„Wir haben es leider nur bis nach Remagen geschafft!" werden die Bonner zu hören bekommen. Sogar geweint haben wir im Auto! Als nämlich die Tante Bea vom Onkel Hagi erzählte, und dabei ganz rosagefärbte Augen bekam, weil der arme Hagi immer so krank war. Man ahnte es schon sehr lange, daß er in absehbarer Zeit sterben würde, und mochte doch die Hoffnung nicht begraben, daß er vielleicht doch wieder gesund würde. Kurz vor seinem Tode war der Hagi das erstemal verliebt. In ein liebes, anständiges Mädchen. Opa und Mobbl haben sich so für ihn gefreut und ihm nochmals einen ganz wunderschönen Urlaub geschenkt, indem sie ihm sein welkes Börsl mit Talern und Scheinen auffüllten.

Dann erzählte die Bea vom traurigsten Tag ihres Lebens: Als nämlich ihr erster Sohn Eric tot auf die Welt kam. Zwar hat ihr der LORD mittlerweile einen neuen Eric geschenkt (in Form von Jennys Freund, einem jungen Mann mit ernsten Absichten), so wie er einst Mobbln, als trauriger verwaister Mutti, Buz geschenkt hat. Es hieß, der kleine Eric, obwohl völlig gesund und perfekt entwickelt, habe sich an seiner eigenen Nabelschnur erhängt. Da dies aber äußerst selten vorkäme, rieten die Ärzte dem Beätchen, sich sofort ein neues Kind anzuschaffen, um sich über diesen Verlust hinwegzutrösten. Die Wahrscheinlichkeit, daß dies nochmals passiere, tendiere gegen Null. Und so war´s dann auch. Auf den Tag genau einen Tag nach Erics erstem Geburtstag kam das Lindalein auf die Welt, das es ansonsten wahrscheinlich gar nicht gegeben hätte, da man mit der Aufzucht vom kleinen Eric ersteinmal gut beschäftigt gewesen wäre.

Nach langer Zeit, mittlerweile unangenehmst zipperleindurchwoben, stieg ich in Erwartung eines Sändwichs an Land. Leider gab´s für jeden nur ein vereinzeltes Sändwich, doch dieses eine, von Mings Hand zubereitet, war außerordentlich köstlich.

Die Wetterlage erinnerte mich an Nikko in Japan - dem einzigen Ort der Welt, dem der Regen richtig gut steht, so daß man Lust auf einen Regenurlaub mit einem geschmackvollen Regenschirm bekäme. „Wenn mein Exitus naht", raunte ich Ming zu, „würde ich mich über einen gemeinsamen Regen- urlaub in Nikko sehr freuen." Der Anblick, der sich uns bot, war geheimnisvoll verschleiert. Wie Dinogebein ragten dicke Bäume mit moosigem Geschliere drumherum, herum. (Zweimal herum hintereinander – ein literarisches Unding!) So manch ein Baum schaute aus wie ein Milbenbein unter dem Mikroskop. Ab und zu schaute man in einen Bach mit so unglaublich klarem Wasser, worin sogar Fische schwammen.

Wenn ich so halb-depressiv bin wie zur Zeit, so leide ich zuweilen an einem Mangel an Anteilnahme. "Wird denen nicht kalt?" frug ich Ming in der Hoffnung, mein eingerostetes Mitgefühl wieder ein wenig zu aktivieren, und versuchte ganz viel Mitgefühl für die armen Fische zu bündeln.

Ming war so begeistert von allem. Als die Beate mal ein Foto schoss, war der süße Ming so rührend drauf bedacht, daß irgendein Farn mit auf das Foto kommt.

Von der Dämmerstund bis in die Dunkelheit hinein fuhren wir heim.

Ich soll immer auf englisch sprechen, damit auch der Jesse am Steuer versteht, was da geplaudert wird. Die Linda erzählte, wie sie in Frankreich immer französisch sprechen sollte, obwohl sie doch gar kein französisch kann! Eine Dame wurde davon ärgerlich und sagte: „Versuch´s doch einfach!"

Die Dämmerschwaden über den Bergsilhouetten sahen so schön aus.

An einer Stelle stand ein Weihnachtsbaum ohne Baum! Jemand hatte lediglich die Umrisse mit einem Lichtbändel nachempfunden. In Amerika stehen die Häuser einfach so separiert nebeneinander - ohne erkennbaren Bezug. Grad so, als würde ein Interpret ein Werk Ton für Ton spielen. Viele Häuser sind mit Weihnachtsleuchten geschmückt, durch die sich der Umriss der Häuser in der Dunkelheit abzeichnet. Es erinnerte direkt an das Haus von John Wayne Gacy, einem vielfachen Mörder, der im Jahre 1994 hingerichtet wurde, obwohl er a) im Kirchenchor mitsang, und b) der First Lady Rosalyn Carter, im Rahmen seines politischen Engagements für die Gemeinde, einmal die Hand drücken durfte.

Abends sind Ming und Jesse zum Schwimmen gegangen. Die Linda wurde wieder lustig und half der Tante Bea beim Kochen. Dann stellte sie mir den Rinaldo von Händel laut und ich bekam ein medizinisches Wärmekissen gegen meinen Hexenschuss. Wieder wurde ich von jenem wunderbar lindernden Gefühl erfasst, wie vor zwei Tagen, als ich todmüde endlich ins Bett sinken durfte.

Zum Abendessen waren die Herren wieder da. Der Jesse trinkt seinen eigenen Wein, und da die Bea immer ein so strenges Auge drauf hält, daß er wirklich nur *ein* Gläschen trinkt - der Jesse sich mit einem erhöhten Promillespiegel aber einfach besser fühlt - hat er den Alkoholgehalt ein wenig verdichtet: 15%, so daß man schon beinah von einem verdünnten Likör sprechen darf. Früher hatte man sich vorgenommen, nur Donners- und Sonntags Wein zu trinken, doch diesen starren Vorsatz hat man mit der Zeit denn doch ein wenig gelockert.

Es gab Linsenpüree, Zwergmöhren, Brokkoli mit Pilzen, und sogar einen schönen Nachtisch hat die Bea uns zubereitet: Tofupudding.

Zu vorgerückter Stund kehrten Jenny, Riffi und Eric aus Seattle zurück, und ich hatte mich schon an das Leben ohne sie gewöhnt. Ming saß am Klavier und das ganze Haus bebte unter seinem kraftvollen Spiel. Mit der Jenny entspann sich ein schmaler Talk darüber, wie es heut gewesen sei. (Gut) Dann retirierten sich einige zum obligaten Filmeschaun in dem wirklich sehr netten Erkerzimmer mit seinen kuscheligen Sitzgelegenheiten. Wir schauten Jeanne d´ Arc mit Geraldine Chaplin als Oberin in einem sehr strengen Mädchenpensionat.

Donnerstag, 31. Dezember

Rasender Wind.
Am Vormittag Sonnenschein,
dann wurden die Wolken wieder herbeigeweht

Draußen hatte eine pfeifende und tosende Windhose geräuschvoll die ganzen Wolken an die Horizontsperipherie gepustet, hinter der sich nun hellgülden die Sonne entrollte. Von diesem Anblick fühlte ich mich streng angepackt: Ob ich in Trossingen auch die Fenster gescheit geschlossen habe? Geträumt hatte ich eine ganze Menge: *Daß ich abends bei Dunkelheit immer noch im Supermarkt einkaufte, bevor ich mich dann auf den Weg zu meiner Wohnung begab. Vorbei an der Musikhochschule, die in meinem Traum wie das städtische Hallenbad ausschaute. Davor stand nämlich eine 400 Meter Rutsche.*

Einmal bestiegen wir die Aussichtsplattform der Hochschule, und sahen wie Herr Reimer am Fenster saß und den Zauber der Dämmerung in sich aufsog. Leider hatte er einen wüsten Ausschlag im Gesicht: Unzählige kleine Blutkrüstchen, so daß er als Anblick schlicht niemandem mehr zuzumuten war, und die Hochschule somit erst nach der Sperrstunde wieder verlassen durfte.

Dann besuchte ich einen Schreibwarenladen, der einen Ausverkauf startete: Alles zum halben Preis. Ich schaute mich um und frug mich, was ich wohl alles brauchen könne? Zum Beispiel: Leitzordner. Ich kaufte jedoch so viele, weil mir beim Kaufvorgang so viel einfiel, was man alles abheften könnte. Zum Beispiel seine Einkaufszettel, oder aber die

Zettel mit den Telefonkritzeleien meiner Familie. Doch ich hatte meine Tragkraft überschätzt: Auf dem Heimweg hüpfte mir ständig ein Leitzordner auf den Boden, nicht selten in eine Pfütze hinein, so daß sich die Pappe leicht aufweichte.

In unserer Straße war soeben ein Brand ausgebrochen. (Es handelte sich um eine unheimliche Straße in einem armseligen Stadtviertel wie zur Ripperzeit 1888)

Schließlich erhob ich mich zum Tagesgeschehen. Mir gefällt das schöne Treppenhaus mitten in Beätchens Wohnzimmer. Es freut und beschämt mich immer gleichzeitig, den Jesse, den ich kaum kenne, mit einem Kuss zu begrüßen. Jetzt z.B. saß er auf Help-your-self-Manier gekrümmt und allein am Frühstückstisch und löffelte rundliche Cornflakes in Lowfat-Milch, während die Tante Bea im Erkerzimmer wie hingegossen im behaglichen Fernsehsitz entspannt mit den jungen Leuten, Jenny und Eric, plauderte. Es handelte sich um eine Jahresausklangsplauderei. Der Eric mit seinen großen, bleichen Plattfüßen lag gemütlich auf dem Boden, reckte die Ohren höflich den Plappereien seiner Braut und Wunschschwiemu entgegen, und schmökerte doch gleichzeitig in einem Roman, den ihm die Tante Bea zu Weihnachten geschenkt hat.

Die Tante Bea wurde ganz hibbelig vor Vergnügen, daß wir da sind, und in der Küche sagte sie warm, daß sie gestern vor dem Einschlafen eine solche Liebe zu uns gefühlt habe.

Ming und Linda schlafen immer bis in den Vormittag hinein, und es scheint, als sei der ferienbehaftetste Konzertpianist der Welt von Kopf bis Fuß auf Ferien eingestellt.

Heute bin ich meiner Kusine Jenny etwas näher gekommen: Ich schenkte ihr mein Ohr und lauschte einem Referat über Yoga. Hernach fuhren wir ohne Riffi und Jenny zu einem Ausflugsort direkt am Meer. Das Wasser plätscherte ebenerdig.

In einer kleinen Klokabine unter bläuestem Himmel inmitten grünen Farnes duftete es so gut nach Lebkuchen. Das Meer mit den bergenden Wellenbildungen gefiel mir so gut. Die sanften Wogen erinnerten mich an ein Foto, das den kleinen Andi, als Bub in einem Schwimmring steckend, im Wasser zeigt. Ein altes Foto aus Frankreich, wo ihm der Opa engagiert das Schwimmen beibrachte.

An einer Stelle sah es eher etwas kanadisch aus. So wie auf den großformatigen Hochglanzfotos, mit denen Herr Berke Rehlein dazu animieren wollte, mit ihm nach Kanada auszuwandern, und die sich trotz des Sonnenscheins darauf so schubbernd kalt anfühlen: Durch hohe Bäume in tümpeligem Gewässer glitzert darauf die Sonne ohne zu wärmen. Ich verstand mich wunderbar mit dem süßen Lindalein, das zwei weiße Muscheln gesammelt hatte, die man spaßeshalber, einem torhaft quatschenden Mund nachempfunden, auf- und zuklappen konnte. Manchmal weiß man sich streckenweise jedoch nichts besonderes zu erzählen - so wie mit der Gerlind zuweilen - und muss auf Plattitüden ausweichen, wie beispielsweise: „Oh, schau mal! Wie schön - das Meer!" Doch dann wird irgendein Thema angeritzt, und schon strömt die Stimmung wie von selber herbei. Zum Beispiel die Frage, was man sich fürs neue Jahr wohl vornehmen solle? Bezüglich Lindas Violinspiel? Für die Kreutzer-Sonate hat sie ja noch mehr als neun Jahre lang Zeit, und so dachten wir uns gemeinsam aus, daß das Lindalein als Jahresendziel für den 31. Dezember 1999 vielleicht eine schöne Händel-Sonate mit mindestens drei Kreuzen - wohlig vibriert und mit sattem gesanglichen Ton vorgetragen - beherrschen sollte. Nicht schlecht als Vorübung wäre auch Beethovens kleine A-Dur Sonate, die mit einem Leierkastenmotiv anhebt, das nicht unbedingt sauber intoniert werden muss.

Plötzlich mahnte Ming zur Eile, da die Flut hereinbräche. Etwas, an das man üüüberhaupt nicht mehr gedacht hatte, und tatsächlich: Es wurde eng und knapp. Die Wellen gischteten uns schon vor die Füße und wir mußten um unser Leben rennen. „Müssen wir jetzt ertrinken?" frug ich harmlos im Klang, doch wir erreichten das rettende Ufer und fuhren heim.

Im Auto frug ich mich, woran es wohl liegen mag, daß die Frauen in Mings Aura immer so eine leidende Ausstrahlung bekommen. Frische junge Dinger verwandeln sich in einen bleichen, leidenden Migränetypus. Wahrscheinlich ist es Mings anteilnehmende Zärtlichkeit, die die Frauen unbewusst noch ein wenig aufzuschäumen suchen, weil man halt nie genug davon bekommen kann?

Mittags schenkte mir die süße Bea einen purpurnen Rock und schwarze Beinkleider. Es gab Sändwichs mit Lachs und Meerrettich.

Nach einer Weile waren Ming und ich allein zuhaus. Mir brannte es auf den Nägeln, die Großeltern heut noch anzurufen um ein kräftiges „Prost Neujahr!" zu wünschen. Doch als es hierzulande noch hell war, war es in Europa bereits 0.25 – mitten in der Nacht! Ich fühlte mich klein und schäbig.

„Prost Neujahr!" rief ich Ming auf schlappe Weise zu, weil für uns Europäer das Jahr 1999 bereits angehoben hatte, während die Amerikaner das alte erst gescheit ausklingen lassen müssen. Abends gab es ein so wunderschönes Essen mit Wein in einem deformierten, so jedoch umso kostbareren Kristallglas. Ich saß neben dem süßen Lindalein und fühlte mich auf einmal so stimmungsarm. Man blödelte auf amerikanisch, aber es sprach mich nicht so an. Zunächst wurde eine Suppe mit Pilzen und Blumenkohl aufgetragen, dann eine Delikatesse: Gebackener Fisch, süßer Kartoffelbrei und Salat, und dann großzügige Kekse, die die Bea eigenhändig gebacken hatte. Das Beätchen hatte gar eine riesige Rumkugel für die ganze Familie zubereitet, an der man sich mit dem Löffel bedienen sollte. Dadurch aber, daß sie in Alufolie eingeschlagen war, ließ sie sich nur schwer ablöffeln, und der übriggebliebene Rest schaute aus wie eine volle Windel, wie Ming launig bemerkte.

Nachdem sich die Familie wie allabendlich vor den Televisor retiriert hatte, taten Lindalein und ich je etwas Sinnvolles: Die Linda: Geige üben und im Keller herumräumen, und ich: Geige üben, auf daß die vier Stunden voll würden, um hernach - mich träge auf Ming und Lindas Bett lümmelnd - im Ägyptentagebuch zu schmökern.

Die Zeit bis zum Jahreswechsel wollte so mehr oder minder gewaltsam herumgebracht werden. Ming spielte eine Beethoven-Sonate. Die Linda saß am Tisch, schrieb ins Tagebuch, und ich genoss ihre Aura unendlich. Schließlich rieselte das Jahr allmählich aus. Auf dem Bildschirm konnte man eine Rakete in Abschussposition sehen. Ich erzählte, daß der Opa nur noch seinen neunzigsten Geburtstag erleben wolle, weil er müde und altersschwach geworden sei. Den Präsentkorb zum Neunzigsten wolle er aber noch bekommen, und vielleicht das Jahr 2000 noch anknabbern. Mobbl wünscht sich noch ein paar schöne Jahre als Witwe, und so wird der Opa eines nicht allzufernen Tages wohl für immer einnicken. Der Gedanke stimmte mich traurig, weil ich die Großeltern innig liebe, und es kaum erwarten kann, sie endlich wiederzusehen.

Personenverzeichnis:

Abel, Eheleute, (*1911 bzw. 1914) Eltern einer bedeutenden Geigerin in Baden-Baden.
Akiko, (*um 1929) unser Kindermädchen in Taiwan
Andi, Onkel mütterlicherseits in Blankenfelde (*1949)
Angelika, (*1965) Pianistin aus Ungarn
Antje, Lieblingstante in Bonn (angeheiratete Extante) (*1939)
Arno, (*1972) Cellist im Kürscher-Quartett
Arthur, (*1963) Freund in Ostfriesland
Artus, (*1997) Hund in Ofenbach
Bea, (Beätchen) (*1943) Tante mütterlicherseits in Kalifornien
Berke, Herr, (*1938) Vererhrer Rehleins in Ostfriesland
Binder, Herr und Frau, **Otto & Inga** (*1935 und 1944) Veterinärseheleute in Ofenbach (aus Siebenbürgen stammend).
Binz, Ute & Walter, Rehleins Lieblingskusine (*1956) mit Ehemann Walter (*1967)
Bloser, Herr, (*1947) mein Klavierlehrer in Trossingen
Colette, (*1972) Studentin Buzens
Daaje, (*1994) älteste Tochter von Mings Exe Gerswind
Deblon, Herr, (*1952) Bibliothekar in der Musikhochschule Trossingen
Dolores, Cellistin in Wien
Eberhard, (*1947) Onkel väterlicherseits in Berlin
Eric, Freund von unserer Kusine Jenny in Amerika (Geburtsdatum unbekannt)
Esslinger-Oma, (1882-1960) Opas Mutti in Esslingen (wie ja der Name schon sagt)
Frauke, (*1964) Kommilitonin in Trossingen
Friedel, (Fiddi) Lieblingsvetter in Bonn (*1962)
Gabi, (*1961) Frau vom Onkel Eberhard)
Gerlind, (*1964) Exe Mings
Gesine, (*1996) Töchterlein von Mings Exe Gerlind

Hagi, (1940 – 1960) früh verstorbener Sohn von Opa und Mobbl

Hahmann, Prof., (*1935) Celloprofessor in Trossingen

Hartl, sympathischer Nachbar in Ofenbach (Geburtsjahr unbekannt)

Hartmut, (*1945) Onkel väterlicherseits in Münster

Heike, Herr und Frau, (*1933) vielseitiger Herr, Professor, Komponist, Geigenbauer…

Henning, Klavierstudent mit ostfriesischen Wurzeln aus Wien (*um 1978)

Helga, *1942, Nachbarin von der Oma in Grebenstein

Himstedt, Eheleute, (*1913/1924) Eltern von unserer besten Freundin Veronika

Hinnerk, (*1962) Vetter in Bonn

Irene, (*1944) Rehleins Kusine dritten Grades in Ofenbach. (Die Großmütter waren Schwestern)

Irma, (*1937) Witwe von Opas Bruder Otto in Kiel

Jenny, (*1975) zweite Tochter von der Tante Bea in Amerika

Johannes, der kleine (*1993) mein Patenkind

Kastner, Frau, schüchterne Dame in Ofenbach. Geburtsjahr schwer zu schätzen

Kebap, Prof., (Spitzname) Professor in Trossingen (*um 1953)

Kettler, Frau, (*1947) Telefonfreundin aus Basel

Kohlbergers, Familie aus Wiener Neustadt: bestehend aus Oma, Mutti Christa und ihrem Töchterlein

Lerch, Beate, Studentin Buzens *1961

Lisel, (*1932) Frau von unserem Onkel Andi

Maika, (*1995) älteste Tochter von unserem Vetter Friedel

Maria, rumänische Reinmachefee in Ofenbach

Marius, (*1998) Söhnchen von meinem Vetter Hinnerk

Moser, Annemarie, (*1942) Dame in Wiener Neustadt, die dem Opa mit seinem Buchsatz hilft

Nanni, (*1949) entfernte Verwandte in Graz

Nora, (*1969) ehem. Studentin Buzens

Paul, Onkel, Mobblns Bruder (1914 - 1944)

Privath, Nachbarsfamilie in Bad Godesberg in den 60gern

Rainer, (*1934) Rehleins Bruder in Toronto

Reimers, Rektor und Rektorengattin in Trossingen (*1941/1942)

Rifflein, (*1978) Sohn von unserer Tante Bea in Amerika

Sharyn, (*1945) Frau von unserem Onkel Rainer in Toronto

Scherließ, Herr, (*1945) Musikgeschichtsprofessor, der von Trossingen nach Lübeck rübermachte

Simone, (*1975) ehem. Studentin Buzens

Uschilein, (*1946) Exe von unserem Onkel Eberhard

Uta (Utelchen), (*1936) Tante mütterlicherseits

Ute, Rehleins Lieblingskusine (*1955) Tochter des jüngst verstorbenen Onkel Helmut

Ute M., (*1963) liebe Freundin in Herrenberg, Baden Würtemberg

Wandel, Waldemar, Klarinettenprofessoe in Trossingen (*1929)

Wesselys, Opas Verwandten in Ofenbach (Mutti Ilse (1913 – 1996) und Tochter Irene (*1944)

Wirtz, Pfarrer, (*1929) Geistlicher in der schwäbischen Stadt Calw

Veronika, (*1945) unsere beste Freundin in Nürnberg

Yossi, (*1947) Spezi Buzens. Bratscher und Genie